BRUNO JONAS

Bis hierher und weiter

Mit allen Nockherberg-Reden von Bruno Jonas

WILHELM HEYNE VERLAG
MÜNCHEN

FSC
Mix
Produktgruppe aus vorbildlich
bewirtschafteten Wäldern und
anderen kontrollierten Herkünften

Zert.-Nr. SGS-COC-1940
www.fsc.org
© 1996 Forest Stewardship Council

Verlagsgruppe Random House FSC-DEU-0100
Das für dieses Buch verwendete FSC-zertifizierte
Papier *Super Snowbright*
liefert Hellefoss AS, Hokksund, Norwegen.

3. Auflage
Originalausgabe 10/2007

www.heyne.de
Printed in Germany 2009
Umschlagfoto: © Rudolf Klaffenböck
Umschlaggestaltung: Hauptmann und Kompanie Werbeagentur,
München – Zürich
Satz: Buch-Werkstatt GmbH, Bad Aibling
Druck und Bindung: GGP Media GmbH, Pößneck

ISBN 978-3-453-60072-0

Inhalt

Bis hierher und weiter

ein Kabarettstück

Am Flughafen in München, Gate 28. Der Flug LH 832 von München nach Berlin ist noch nicht zum Einsteigen bereit. Die elektronische Anzeigetafel zeigt ein Delay von 40 Minuten für den Flug.

Wir hören eine Durchsage. »Bitte lassen Sie Ihr Gepäck nicht unbeaufsichtigt …«

Ein Businessman kommt auf die Bühne. Er trägt das Kostüm des verantwortungsvollen Erwachsenen. Blauer Anzug von Boss, Krawatte von Boss. Schwarze Schuhe. Vermutlich auch von Boss. Der Charakter von Boss. Herkunft: Niederbayern.

Eigentlich ist noch ziemlich viel Niederbayerisches an ihm, wenn auch nicht immer hörbar.

Korrekt vom Scheitel bis zur Sohle. Eventuell Bluetooth-gesteuert, Infrarotausstrahlung, der ganze Typ ist immer auf Empfang. Eine Onlinepersönlichkeit.

Er zieht einen Trolley hinter sich her. Unterm Arm mehrere Tageszeitungen. Er nippt an einem »Coffee to go«.

Er ist immer ready to go und ready to take off. Und er wartet sehnsüchtig auf sein Boarding, denn er ist schon längst ready for boarding. Er hat alle Hände voll zu tun mit Laptop und Handy und seiner Person. He is very busy, very important, and always very very ... Wir merken sofort, der kommt ohne sich nicht aus. Der wird gebraucht. He is ready to use. He is a user.

So, wie der aussieht, kann er nur in der Beraterbranche tätig sein. Ein Consulter. Er wirkt sehr busy. Totally datet. Sein Name: Hubert Unwirsch.

Frau Schellnhuber

Unwirsch betritt die Bühne. Voll bepackt mit Koffer und Zeitungen unter dem Arm. Die Frankfurter Allgemeine, *die* Süddeutsche Zeitung, *das* Handelsblatt. *Einen Becher »Coffee to go« in der Hand. Keine Hand frei. Er telefoniert. Handy zwischen Schulter und Ohr eingeklemmt.*

Ja!

Wie war Ihr Name?

Schellnhuber? – Aha. – Das tut mir leid. Wenden Sie sich doch bitte an mein Büro, Frau Schellnhuber. Frau Kölbl, genau, meine Assistentin, richtig. Ich bin grad am Flughafen, ich kann momentan gar nichts für Sie tun, Frau Schellnhuber.

Frau Schellnhuber lässt sich nicht abwimmeln. Unwirsch heuchelt Verständnis.

Ich versteh ja Ihre Aufregung. Und es ist ja auch bedauerlich, dass Ihr Mann entlassen werden musste. – Das ist immer eine, äh, Belastung für die Familie.

Ja, aber auch für Geschäftsleitung und, äh, die Gemeinheit, äh, die Allgemeinheit.

Ja, äh, aber nicht wir haben Ihren Mann entlassen, das waren die neuen Eigentümer des Unternehmens.

Richtig. Die Texas Pacific Group.

Wir haben nur den Rat gegeben!

Costcutting, ja genau, das ist der Fachausdruck …

Ja, wir mussten, wir konnten nicht anders, aufgrund der Daten des Unternehmens, andernfalls hätten wir die Existenz des Unternehmens insgesamt gefährdet. Ich bitte Sie wirklich, sich auch mal in unsere Lage zu versetzen.

Ja, wir sind eine Unternehmensberatung.

Die MCC. Richtig. Die Munich Consulting Company.

Ja, wir hatten den Auftrag. Das ist alles richtig, was Sie da sagen, Frau Schellnhuber.

Also, ich bin ganz sicher, dass Ihr Mann in kürzester Zeit wieder etwas findet. Der ist hoch qualifiziert, Sie sagen es, abgeschlossenes Hochschulstudium, freilich, da kriegt er ganz schnell wieder was, also da wäre ich an Ihrer Stelle zuversichtlich. Und flexibel ist er ja.

Frau Schellnhuber, Sie sehen immer nur die negativen Seiten.

Nur, dafür haben wir ja den Sozialstaat. Der springt in solchen Fällen in die Bresche. Dafür ist er da.

Nehmen Sie es doch als Chance zu einer Neuorientierung.

Es muss nicht Hartz IV sein. Aber auch dann ...

Das Leben bietet immer wieder Chancen.

Wie alt sind denn die Kinder?

Vier und neun. Na ja, die haben ja dann noch einiges vor sich. Aber nehmen Sie es positiv. Der Papa wird jetzt erst einmal mehr Zeit für die Familie haben. Das ist doch auch schön.

Nein, da verstehen Sie mich falsch. Ich meine das nicht zynisch.

Was sagen Sie?

Aha. Sie haben Schulden auf dem Haus. Das ist normal, wenn man ein Haus kauft, die wenigsten haben das Geld, um ein Haus bar zu bezahlen.

Ja, das ist bitter. Aber das sind so die Risiken. Gell.

Verstehe.

Also, wenn Sie das Haus verkaufen wollen, dabei könnten wir behilflich sein.

Also, wie gesagt, es muss ja nicht gleich so weit kommen, gell, aber wenn, dann wären wir zur Stelle. Aber ich kann jetzt wirklich nicht mehr für Sie tun, ich bin am Flughafen und hab gleich mein Boarding. Also, alles Gute Ihnen und Ihrer Familie, gell. Auf Wiederhören.

Beendet das Gespräch und wendet sich direkt an die Zuschauer.

Es ist schlimm. Wenn der Familienvater, der Ernährer, den Arbeitsplatz verliert. Eine Tragik. Das ist jetzt wieder so ein Fall, wo die Globalisierung bei den Menschen ankommt. Man meint immer, die wäre irgendwo auf der Welt, die Globalisierung, dabei ist sie mitten unter uns. Ständig schleicht sie rum, überall, durch die Straßen, durch die Städte, durch das Land, überall kann man sie treffen. Die Leute meinen immer, mich erwischt es nicht. So eine Einstellung ist trügerisch. Die Globalisierung erwischt einen jeden von uns. Keiner kommt ihr aus. Es gibt welche, die meinen, sie könnten das Rad zurückdrehen. Das ist eine Illusion.

Jetzt nehmen wir einmal die Familie Schellnhuber. Er, der Herr Schellnhuber, Maschinenbauingenieur. Ist nicht schlecht. Besser wie Jura in jedem Fall.

Früher, ist noch gar nicht so lange her, da war das ein Beruf mit Zukunft. Maschinenbauingenieur. Da hast du ein Leben lang davon leben können. Das ist vorbei. Sicherheit gibt es nicht mehr. Na ja, als Berufssoldat vielleicht noch. Weil gestorben wird immer. Auf dem Feld der Ehre ist die Nachfrage nach Helden nach wie vor sehr groß. Aber das ist nicht jedermanns Sache. Da sagen sich viele: Da werde ich lieber arbeitslos.

Der Schellnhuber hat damit nicht gerechnet. Das war vielleicht sein Fehler. Mei, was heißt Fehler. Frau, zwei Kinder, Familie, Einfamilienhaus, Eigenheimzulage, Pendlerpauschale, Renault Espace, wie das Leben halt so spielt. Die Liebe halt. Dabei muss man heute mit allem rechnen. Wenn er alleine wäre, dann täte es anders ausschauen. Aber mit Frau und Kindern. Er hat halt auch Pech gehabt, der Herr Schellnhuber. Es hätte auch anders kommen können, gell. Aber mei! Vielleicht haben Sie es gelesen, im Wirtschaftsteil. Wahrscheinlich nicht, weil den liest ja kaum einer. Dabei ist das der einzige Teil in der Zeitung, der sich lohnt.

Bootstrapping – der Fall Grotte

Die Firma Grotte ist verkauft worden. Kennen Sie das Unternehmen? Die sind im Sanitärbereich tätig. Sehr erfolgreiches Unternehmen. Sie haben bestimmt alle schon mal eine Hebelmischbatterie von

Grotte in der Hand gehabt. Oder einen Brausekopf. Also, wenn Sie mal einen Brausekopf brauchen, dann nehmen Sie einen von Grotte. Da haben Sie was für's Leben. Da haben Sie was Gescheites. Ich sage immer, lieber etwas Gescheites, bevor man sich mit einem Glump ein Leben lang ärgert. Manchmal steht man in der Dusche in einem Hotel und überlegt, welchen Strahl nehme ich jetzt? Den linken oder den rechten? Das passiert Ihnen mit einem Brausekopf aus dem Hause Grotte nicht. Da kriegen Sie ein volles Brausegefühl. Wunderbar! Danach fühlt man sich geduscht.

Na ja, wie das Leben so spielt, gell, stirbt eines Tages der alte Grotte. Das Alter dafür hat er gehabt, und der junge Grotte tritt das Erbe an. Er wollte gleich verkaufen, weil ihn das Erbe nur belastet hätte. Freilich, das muss man verstehen, das ist immer das Gleiche mit diesen erfolgreichen Vätern. Die Söhne verkraften den Erfolg des Vaters nicht. Der Erfolg des Vaters macht den Sohn mürbe. Letztlich wirkt der väterliche Erfolg persönlichkeitszerstörend. Die wenigsten Söhne können diesem Angriff auf ihre eigene Zukunft etwas entgegensetzen. Die Fußstapfen des Vaters, in denen sie von Anfang an laufen sollen und müssen, damit sie sich ebenbildlich wie der Vater entwickeln, lassen die meisten Söhne scheitern. Die wenigsten können diesem väterlichen Psychoterror entkommen. Die meisten fügen sich und beginnen zunächst widerwillig, doch dann immer bereitwilliger, den vorgezeichneten Weg des Vaters weiterzugehen. Sie nehmen an, was ihnen zunächst zuwider war. Weil sie keinen Ausweg sehen. Der Schatten des Vaters ist übermächtig und verdunkelt alle anderen Wege, die der Entwicklung des Sohnes mehr entsprächen als der eine vom Vater, alle Talente des Sohnes zur Seite schiebende sogenannte Erfolgsweg. Das ist der Terror des väterlichen Erfolgs. Väter sind Erfolgsterroristen.

Die Söhne fühlen sich minderwertig, weil sie dauernd den Erfolg des Vaters vor der Nase haben. Die meisten Söhne packen das psychisch nicht und zerbrechen. Die hassen alles, was der Vater aufgebaut hat. Und dann stirbt er endlich, der Alte, und die Söhne sollen sein Lebenswerk weiterführen in seinem Sinne. Wer mag das? – Dafür muss man geschaffen sein. Und das war er nicht, der junge Grotte, also, drum wollte er das Lebenswerk des Vaters verkaufen.

Und diesen Deal haben wir beratend begleitet. Es war so: Wir haben uns kennengelernt beim Golfen. Ich spiel gar nicht Golf. Aber ich habe mir gedacht, läufst du mal mit. Ich bin diesbezüglich sehr anpassungsfähig. Anpassungsfähigkeit ist eine meiner hervorstechendsten Eigenschaften. Anpassungsfähigkeit hat übrigens nichts mit Opportunismus zu tun. Der Opportunist ist ein Schleimer. Der schleimt um des Schleimens willen. Der verhält sich immer opportun. Dagegen, wenn einer anpassungsfähig ist, dann überlegt er sich vorher, ob es sich lohnt, sich anzupassen. Der Anpassungsfähige verfolgt ein bestimmtes Ziel, und die Anpassung muss dem Ziel dienen.

Wir sind also von Loch zu Loch gelaufen, und plötzlich zwischen zwei Löchern, praktisch beim Einputten, sagt der junge Grotte zu mir in seinem schwäbischen Dialekt:

»I tät's gern verkaufa. I hab koin Spaß am G'schäft. I hab die Schnauze voll vom Schaffe. I kann koine Häbelmischbatterien mähr sähen. Aus jedem Brausekopf schaut der Vadder raus!«

Da habe ich gewusst, welch großes Leiden sein Leben bestimmt. Diese Millionen, dieses ganze erarbeitete Vermögen des Vaters, dieses Schicksal hat ihn in der Seele bedrückt. Ich habe Mitleid gehabt. Was schon bemerkenswert ist, weil so schnell habe ich kein Mitleid. Privat schon, aber im Geschäftsleben eher selten. Mitleid bringt im Geschäft wenig. Das hemmt eher. Meine Erfahrung ist, dass Mitleid im Geschäft den Ertrag schmälert. Also, mir war sofort klar, dass dieser Mann unter dem Erbe leidet wie ein Hund und dass es ihm ernst war mit dem Verkauf. Gut, hab ich gesagt, da können wir schon etwas machen, und habe spontan versprochen, dass wir das Unternehmen schon losbringen. Was man halt so sagt, wenn man ins Geschäft kommen will. Obwohl ich überhaupt noch keine Idee gehabt hab.

Ich habe die Bücher angeschaut und ich war entsetzt. Die Bilanzen waren in Ordnung, hervorragende Zahlen, nur Gewinne, Rücklagen ohne Ende, keine Schulden, also das Unternehmen war gesund. Ich habe gedacht, das gibt es nicht.

Also, da werden wir sicher jemanden finden, der dieses Unternehmen kauft, habe ich den jungen Grotte beruhigt. Was sollte ich machen? Nein, weil er befürchtet hat, dass seine Badarmaturen keiner haben will. Aber das war mir klar, dass ein Unternehmen, das so dasteht, ohne Probleme weggeht. Ich habe mich umgeschaut am Weltmarkt und tatsächlich, gell, die Texas Pacific Group war sofort interessiert. Die TPG hat jetzt direkt mit dem Bad an sich nicht so viel zu tun. Ich bin sicher, die Leute von der TPG haben alle ein Bad daheim, und waschen werden die sich schon auch, aber darüber hinaus haben die mit dem Sanitärbereich wenig zu tun. Die Texas Pacific Group ist ein Privat Equity Fonds, die kaufen alles, was sich rentiert. Ob es sich um Schweinsbratwürschtl handelt oder um Müll oder leicht radioaktive Abfälle, das ist ihnen wurscht, Hauptsache Rendite.

Also, die haben das Unternehmen Grotte angeschaut, die Bücher studiert, das Datenmaterial, die Prognosen, das Marktsegment, und haben entschieden: Die Brauseköpfe kaufen wir.

Als es schließlich um die Finanzierung des Deals

gegangen ist, da haben wir den Vorschlag gemacht, den Kaufpreis zu finanzieren, also kein Eigenkapital reinzustecken, sondern die gesamte Summe komplett über Schulden zu bezahlen. Alles andere wäre ein Blödsinn gewesen. So wie das Unternehmen dagestanden ist.

Da braucht man selbstverständlich einen Finanzpartner, der da mitspielt. Eine Bank halt, gell. Wenn Sie eine Wohnung kaufen wollen und zu Ihrer Bank gehen und sagen, Sie möchten den Kaufpreis voll finanzieren, da werden Sie in den seltensten Fällen damit durchkommen. Gut, das ist natürlich etwas anderes, die wenigsten von Ihnen haben ein gesundes Unternehmen hinter sich, die meisten verkaufen sich selber beziehungsweise ihre Arbeitskraft und haben ein Gehalt, weil sie einen Arbeitsplatz haben, aber wie unsicher diese Angelegenheit sein kann, das sehen wir, wenn wir uns an den Herrn Schellnhuber erinnern. Na ja, das ist etwas anderes, wie gesagt, da geht es ja auch nicht um Milliardenbeträge, sondern höchstens um ein paar Hunderttausend. Also, die Texas Pacific Group hat den gesamten Kaufpreis aufgenommen bei der Deutschen Bank. Beim Ackermann Joe. Das lag nahe, weil ich den Sepp persönlich kenn und ein persönlicher Kontakt ist halt doch das A und O.

Die Kollegen von der Deutschen Bank haben selbstverständlich auch die Bücher angeschaut, freilich, Wirtschaftsprüfer haben die da drangesetzt, das hatte alles seine Ordnung.

Der Deal ging also über die Bühne, und als die Texas Pacific Group das Unternehmen Grotte rechtmäßig erworben hatte, haben die Manager der TPG die Schulden dem Unternehmen aufgebürdet. Da werden jetzt manche fragen, ob das geht? Das geht. Der Bank ist es egal, von wem sie das Geld wiederkriegt. Also, die haben den Kaufpreis quasi dem Unternehmen in Rechnung gestellt. Die haben sich gesagt, wenn wir uns schon bereit erklären, so viele Schulden zu machen, um das Unternehmen zu kaufen, dann soll das Unternehmen auch dafür gradestehen.

Das war übrigens unsere Idee, unser Key-Concept, die Schulden dem Unternehmen zu übertragen.

Und jetzt passiert etwas Überraschendes. Die neuen Eigentümer sind ein wenig ratlos zu uns gekommen und haben uns gefragt, wie es jetzt weitergehen soll mit diesen vielen Schulden. Das kriegen wir schon, haben wir gesagt. Wir sind in das Unternehmen reingegangen und haben erst einmal alles analysiert und den Status quo festgestellt: »Saperadi, habe ich in der Buchhaltung laut ausgerufen, da habt's aber einen Haufen Schulden! Da müssen wir schauen, dass wir wieder schuldenfrei werden, denn andernfalls ist das Unternehmen insgesamt gefährdet.«

Also haben wir noch mal alles durchgerechnet

und festgestellt, dass der komplette Produktionsprozess viel zu teuer ist. Löhne, Lohnnebenkosten, Produktionskosten, einfach alles sauber zu teuer. Am Markt vorbei!

Wir haben das selbstverständlich offen kommuniziert. Nichts hintenrum. Nein, alles direkt mit der Belegschaft. Wir haben mit dem Betriebsrat gesprochen: Wie schaut es aus mit längeren Arbeitszeiten? Ja nichts, nur Kopfschütteln, da haben wir auf Granit gebissen. Dann haben wir es andersrum probiert. Und haben vorsichtig gefragt, wie es mit Lohnkürzungen ausschaut, aber auch da war kein Entgegenkommen, nur Abwehr, keine Kooperation, es ging hart auf hart, dann haben sie Streiks organisiert, nur noch Trillerpfeifen und keine Argumente mehr. Das war nicht komisch.

Dann haben wir gesagt: »Freunde, so geht es nicht. Wenn wir nicht eine gemeinsame Lösung finden, dann müssen wir die Standortfrage stellen.« Von insgesamt fast 4000 Arbeitsplätzen waren alle am Standort Deutschland. Ein Wahnsinn! Dass es so was überhaupt noch gibt!

Also, mit dem Betriebsrat sind wir nicht weitergekommen, dann haben wir Teile der Produktion nach China verlagert. Ich war anfangs skeptisch, weil in China, da haben sie den Kommunismus. Aber ich habe mich eines Besseren belehren lassen.

Das ist eine meiner Stärken, dass ich lernfähig

bin. Grade was den chinesischen Kommunismus angeht, kann man einiges lernen. Zum Beispiel, dass sie in China ein Wirtschaftswachstum haben, von dem wir nur träumen können. Im Jahr zwölf Prozent Wachstum! Die Kommunisten, gell, hätte ich ihnen nicht zugetraut. Die haben ihren Marx gelesen. Im *Kapital* steht ja alles drin, wie man es machen muss, um erfolgreich zu wirtschaften. Das muss man ihnen lassen, diesen Kommunisten, die wirtschaften erfolgreicher als die Kapitalisten. Die Zahlen sprechen für sich.

In China sind die Arbeitskosten wesentlich günstiger als bei uns, die Löhne wesentlich niedriger als bei uns, und man hat kein Geschiss mit dem Kinderschutzbund. Ich sage es Ihnen, die kleinen Chinesen haben eine Freude beim Arbeiten, wie schnell und geschickt die einen Brausekopf zusammenbauen, wirklich erstaunlich! Bei uns gehen die Kinder in den Kindergarten und spielen mit Legosteinen und basteln irgendeinen nutzlosen Blödsinn zusammen, und in China, der kleine Chinese, gell, hat eine sinnvolle Beschäftigung. Bastelt eine Hebelmischbatterie. Beneidenswert! Deswegen brauchen die auch keine Kinderbetreuung, Kinderkrippe, Kindergarten, brauchen die alles nicht, weil in China der Mensch von Kind auf dazu erzogen wird, etwas Sinnvolles zu tun. Kein Vergleich mit uns. Das ist etwas ganz anderes.

Ich war wirklich skeptisch, und dass ich für den Kommunismus wär, das kann man mir wirklich nicht nachsagen. Aber wenn der Kommunismus so daherkommt wie in China, also dann sage ich, warum nicht? Ich wundere mich schon lange, warum die Linken bei uns so gegen China sind. Irgendwie ist das ein Widerspruch. Weil dort sind ja ihre Ideale verwirklicht. Die Diktatur des Proletariats, die klassenlose Gesellschaft, die Verelendungstheorie und was man sonst dazu braucht, um erfolgreich am Weltmarkt mitzumischen. Also, ohne die Chinesen hätten wir die Schulden nie und nimmer weggebracht.

Die Chinesen waren die Rettung für Grotte. Wir haben von insgesamt 4000 Arbeitsplätzen dann doch 2000 an die Bundesjobagentur nach Nürnberg vermitteln können. Sicher ist das für den Einzelnen, der von der Arbeitslosigkeit betroffen ist, schlimm, aber für die Gesundung des Unternehmens war es das Richtige. So gesehen, hat der Herr Schellnhuber mit seiner Arbeitslosigkeit dem Unternehmen die Zukunft gesichert. So könnte man es ja auch betrachten. Aber diese Sichtweise kann man von einem einzelnen Angestellten nicht erwarten, der denkt nur an sich und sein Fortkommen, und das ist ja auch in Ordnung so, aber wir müssen auch an das Ganze denken, an den Fortbestand des Unternehmens insgesamt! Wenn da jeder nur an sich und seine kleinen Einzelinteressen denken würde, da sähe es aber düster aus in diesem Lande.

Was soll's? Es ist ja noch mal gut gegangen, wir haben es ja wieder einmal geschafft. Wie gesagt, das Unternehmen war am Ende schuldenfrei. Alle Achtung! Ohne uns über Gebühr selbst loben zu wollen, wir haben an dem Erfolg unseren Anteil. Es war unsere Idee, den Kaufpreis voll zu finanzieren und vom Unternehmen zukünftig erwirtschaften zu lassen. Die Texas Pacific Group hat das Unternehmen auf diese Weise umsonst bekommen. Ich finde das klasse. Man nennt diese Finanzstrategie *bootstrapping.* Das kommt aus dem Englischen. Boot ist der Stiefel und Strap ist die Schlaufe. Bootstrapping bedeutet so viel wie »sich selber an den Stiefelschlaufen aus dem Sumpf ziehen«. Sie kennen vermutlich die Münchhausen-Geschichte? Der Lügenbaron reitet mit seinem Pferd in den Sumpf und behauptet hinterher, er habe sich selber an den Haaren aus dem Sumpf gezogen. Der Unterschied zum Bootstrapping besteht darin, dass wir beim Bootstrapping den Sumpf selber einrichten.

Das Handy klingelt. Unwirsch geht ran, aber es meldet sich niemand.

Unwirsch? – Hallo? – Hm. – Keine Verbindung. Kein Empfang. Immer diese Funklöcher!

Der Event und seine Nachwirkungen

So einen Kopf habe ich heute auf. Habe schon drei Aspirin genommen. Aber der Kopfschmerz lässt einfach nicht nach. Ich hätte den letzten Drink nicht mehr nehmen sollen. Bei mir ist es immer der letzte, den ich nicht mehr trinken darf. Ich weiß das aus Erfahrung. Aber ich kann es halt auch nicht lassen.

»Geh noch mit auf einen Absacker in die Bar!« So haben mich meine Kollegen bedrängt.

»Nein«, hab ich gesagt, »ich bin eh schon abgesackt.«

»Ach komm, auf einen Drink!«

Also ich bin noch mitgegangen in die Bar. Und auf einmal steht da ein Drink, eine White Lady! Ich glaub schon, dass es eine White Lady war. Kann aber auch etwas anderes gewesen sein. Ich weiß es nicht mehr.

Frage ich: »Ist das der letzte?«

»Nein!«, sagen sie.

Sage ich: »Gut, dann kann ich den noch trinken.«

Also, der kann es nicht gewesen sein. Es war der letzte. Keine Ahnung, was das war. Jedes Mal wieder passiert mir das. Die Stimmung war ja auch entsprechend.

Gestern Abend, unser großes Fest, war sehr schön. Wir haben insgesamt ein hervorragendes

Feedback. Sehr positive Rückmeldungen! Nur mein Kopf reagiert negativ. Gelungene Veranstaltung mit unseren besten Kunden. Von Pierer war da. Aber nur kurz. Hatte noch eine wichtige Besprechung mit Kleinfeld. Kleinfeld habe ich nicht gesehen. Soll aber kurz da gewesen sein. Piëch hatte zugesagt, ist aber dann nicht gekommen, Pischetsrieder wollte kommen, hat aber abgesagt, nachdem Piëch zugesagt hatte. Ich bin sicher, der wäre gekommen, wenn er gewusst hätte, dass Piëch doch nicht kommt. Also, da waren wir uns einig. Strohmaier, Qualig und ich.

Aber wir waren alle da. Logisch. Von unserer Firma, der Munich Consulting Company 2000. Wesendonk sowieso, Qualig, Strohmaier, der ganze Vorstand. Die Kölbl war auch da. Die könnte ich mal anrufen. Meine Assistentin.

Bearbeitet sein Handy.

Wie lange ist die jetzt schon bei mir? Die ist jetzt auch schon –

Überlegt angestrengt.

– ja, die ist jetzt auch schon drei Wochen bei mir. Die hat Nerven!

Wartet – belegt.

Jaja, die Kölbl. Lustige Frau. Bissl spinnert, aber insgesamt o. k.

Uns gibt es jetzt auch schon 25 Jahre. Neben all den anderen ist das schon eine Leistung, dass wir uns da behauptet haben neben Boston Consulting und den Mäckys. McKinsey. Kennen Sie?

Hätte ich auch nicht gedacht, als ich damals mein Theologiestudium abgebrochen habe. Tja, ich habe dann sechs Wochen BWL gemacht und seitdem bin ich Unternehmensberater. Es gibt große Überschneidungen. In beiden Fachgebieten brauchen Sie einen starken Glauben. In BWL ist der Glaube noch wichtiger als in Theologie. Glauben Sie mir das. Ich kriege Bilanzen hingelegt, da stehen Zahlen drin, da habe ich nur eine Chance, indem ich mir sage: Das muss ich jetzt einfach glauben.

Unwirsch hält plötzliche inne und merkt, dass er sich noch gar nicht vorgestellt hat. Er kramt in seinen Sakkotaschen und sucht Visitenkarten.

Ich muss mich entschuldigen, dass ich mich noch nicht vorgestellt habe. Sorry, das ist unhöflich. Normalerweise habe ich immer Visitenkarten dabei. Aber irgendwie habe ich gestern alle in der Bar verteilt. Macht nichts.

Ich heiße Hubert Unwirsch und ich leite zusammen mit meinen Partnern Bernd Qualig und Harald Strohmaier die MCC, die Munich Consulting Company 2000. Über uns thront nur noch der Walter Wesendonk, unser alter Herr, der das Unternehmen gegründet hat. Hat sich aber aus dem operativen Geschäft weitgehend zurückgezogen. Hält sich raus. Ab und an aber leider nicht. Na ja, er ist quasi im Austrag, hat übergeben, schnabelt dazwischen, hat aber im Grunde genommen nichts mehr zu melden. Eine Gelegenheit zur Toleranz. Wir müssen ihn aushalten. Mit Humor ist er zu ertragen. Finde ihn gar nicht so übel. Er sorgt mit seinem, äh, freundlichen Gesabbel für ein Grundgeräusch im Vorstand. Auf diese Weise reißt die Kommunikation nie ab.

Wir sind ein mittleres, sehr erfolgreiches Unternehmen mit einem überaus attraktiven Angebotsmix. Strategie, Technologie, IT, Prozessmanagement, Kommunikation, Lobbying, daneben auch Privat Equity – wir machen alles.

Publishing

Und Publishing! Publishing wird immer wichtiger. Das heißt, dass man an die Öffentlichkeit geht. Die Öffentlichkeit ist heute in unserer Medienwelt von entscheidender Wirkung. Wer die Deutungshoheit in den Medien hat, der hat die Macht. Deshalb legen wir sehr viel Wert auf die Deutungshoheit, die man erlangen und behalten muss! Dazu gehört, dass man auch mal einen Unsinn in die Welt setzt, aber die Deutungshoheit muss gewährleistet sein. Verstehen Sie, was ich meine? Es kommt nicht darauf an, ob etwas wahr ist oder gelogen. Das sehen wir wertfrei. Eine Lüge kann genauso wertvoll sein wie eine Wahrheit, wenn wir die Deutungshoheit darüber behalten. Sie müssen die öffentliche Debatte dominieren. Sie können heute in den Medien einen Riesenblödsinn publizieren, was weiß ich, über die Zeugungsschwäche der Deutschen zum Beispiel oder die Familientauglichkeit von Deutschen Schäferhunden. Sie müssen nur die Deutungshoheit darüber behalten. Armut, Prekariat, Sozialstaat – egal welches Thema Sie wählen. Es kommt nicht auf Inhalte an, alles Unsinn, was zählt, ist die Deutungshoheit.

Also, bevor über ein Unternehmen eine dumme Geschichte in den Medien veröffentlicht wird, was weiß ich, Dinge, die zum Erfolg des Unternehmens beitragen, Korruption, Puffbesuche, so was, gell, da veröffentlichen wir vorher lieber selber einen Blödsinn dazu. Gut, ich drücke das jetzt ein bissl salopp aus, gell. Was ich sagen will, es gibt immer verschiedene Sichtweisen. Die Welt ist ambivalent. Und es kommt in unserer Medienwelt darauf an, als Erster seine Sichtweise zu platzieren, weil sich die anderen dann danach richten müssen.

Schauen Sie, Sie können heute eine negative Behauptung über ein Unternehmen oder eine Persönlichkeit in die Welt setzen, die absolut falsch ist, wenn sie einmal publiziert ist, muss der Angegriffene versuchen, sie zu entkräften. Er muss sich verteidigen und den ungerechtfertigten Angriff abwehren. Da sagt beispielsweise einer, dass Sie auf Stammtischniveau argumentierten, dass Ihre politischen Aussagen eher dem rechten Umfeld zuzurechnen seien und Beifall von der falschen Seite bekämen. Ja, es entstünde bisweilen sogar der Eindruck, dass Sie reaktionär seien. Hoppala! Wie bitte? Reaktionär? Lassen Sie sich das gefallen? Wer will schon als reaktionär gelten in unserer demokratischen Öffentlichkeit?

Sie können diese Behauptung nun einfach stehen lassen oder aber darauf reagieren. Sie sollten sich das sehr gut überlegen. In dem Moment, wo Sie anfangen dagegenzuhalten, sagt einer: Aha, er verteidigt sich. Warum verteidigt er sich denn? Sie wehren sich, Sie versuchen zu entkräften, was nicht stimmt, und wenn Sie dabei auch noch aggressiv werden sollten, haben Sie schon verloren, obwohl Sie jedes Recht der Welt dazu hätten, diesen unverschämten Angriff auf Ihre Person abzuwehren.

Wer sich wehrt, ist in dieser Mediengesellschaft im Nachteil. Der Angreifer sagt nur seine Meinung und erscheint als sanfter, der Wahrheit verpflichteter hoch angesehener Moralist, das Opfer fühlt sich nicht wohl und verteidigt sich und erscheint allmählich im bösen Licht des Angreifers. Er hält den Schweinwerfer auf dich, er zerrt dich ans Licht, und du willst seine Meinung nicht hinnehmen. Und man sagt: Er will nicht mitspielen. Die Rollen in diesem bösen Spiel verteilt derjenige, der den ersten Zug macht. Der Angreifer ist immer im Vorteil. Deshalb raten wir zum Erstschlag, wenn man in dieser Medienwelt Erfolg haben will, dann muss man als Erster publizieren. Deshalb ist Publishing so wichtig. Erinnern Sie sich an die Kinderkrippendebatte? Niemand hat mit diesem Thema gerechnet. Auf einmal, aus heiterem Himmel, hat die Familienministerin Frau von der Leyen damit angefangen, öffentlich darüber nachzudenken, wie man in Deutschland zu mehr Krippenplätzen kommen könnte. Bis dahin war das ein Thema am Rande, das man bei den Sozialdemokraten vermutete. Und wie beleidigt waren die Sozialdemokraten, dass ihnen eine CDU-Frau die Schau gestohlen hatte. Kinder, Familie, Soziales, Kernthemen der SPD wurden von einer CDU-Frau besetzt. Sie hatte die Deutungshoheit zu diesem Thema erobert und behalten. Die SPD sah schlecht aus. Alles, was die SPD-Oberen in der Folge dazu verlangt, gefordert und publiziert haben, es wurde alles, ob richtig oder falsch, in der medialen Aufmerksamkeit schwächer wahrgenommen als Frau von der Leyens Krippeninitiative, eben weil die SPD den Kampf um die Deutungshoheit verloren hatte.

Das ist Publishing. Dieses Feld wird auch bei uns in der MCC immer breiter. Diese Abteilung wird ständig erweitert. Der Bedarf ist immens. Es gibt immer mehr Journalisten, die direkt aus den Redaktionen zu uns kommen. Das hat den Vorteil, dass sie die zukünftigen Abnehmer ihrer Artikel gut kennen. Wir liefern fertige Beiträge in die Redaktionen, der diensthabende Redakteur braucht nur noch seinen Namen darunterzusetzen. Der ist auch froh, wenn er nicht alles selber schreiben muss. Der hat ja auch viel zu tun, denn in den Redaktionen ist auch viel Personal eingespart worden. Schaun Sie, wenn es in einem Unternehmen kriselt, dann schreiben wir den kompletten Bericht, machen das Interview mit dem Vorstand und dem Aufsichtsrat und reichen die fertige Reportage in die Redaktionen rein. Da haben alle etwas davon. Das Unternehmen ist zufrieden, weil die Darstellung der Zusammenhänge seiner

Sicht entspricht, die Zeitung ist zufrieden, weil sie einen flott geschriebenen Artikel frei Haus geliefert bekommt, und der Leser freut sich, wenn er was Neues erfährt. So wird heute die Wahrheit an den Verbraucher gebracht.

Wir bieten auch Practising an, das heißt, wir handeln auch selber, wenn es verlangt wird. Wir drängen uns nicht auf, aber wir bieten Practising an. Beispielsweise, wenn es um Entlassungen geht. Ein sehr sensibler Bereich, der umsichtiges Management verlangt.

Theologing

Deshalb haben wir unserer Angebotspalette den Bereich Theologing hinzugefügt. Theologing? Was ist damit gemeint?

Nun, ich habe in vielen Gesprächen mit Personalchefs großer Unternehmen immer wieder gehört, dass die Stimmung kippt, wenn Leute entlassen werden. Das wurde immer wieder als Problem formuliert. Nun, ich habe diese Herausforderung angenommen und eine Lösung an der Schnittstelle »Wirtschaft und Religion« gefunden. Dieser Zusammenhang zwischen Wirtschaft und Religion war lange aus dem Gesichtsfeld verschwunden. Zu Unrecht. Einer, der, soweit ich mich daran erinnern kann, darüber sehr intensiv nachgedacht hat, war ein gewisser Max Weber. Seiner sehr aufschlussreichen Studie gab er den Titel »Die protestantische Ethik«. Nun, das ist vielleicht zu lange her, aber grade in letzter Zeit gerät die Verbindung von Wirtschaft und Religion wieder verstärkt in unseren Fokus. Und ich finde, Religion kann in der Wirtschaft ihren Beitrag leisten. Ich habe schon gesagt, dass es bei Entlassungen oft zu negativen Stimmungen kommt. Das ist nicht schön. Wie kann man das vermeiden? Wir raten dazu, nur noch Leute mit starken religiösen Bekenntnissen einzustellen. Wir haben sehr gute Erfahrungen mit Katholiken gemacht, weil die im Ertragen und Erdulden einfach spitze sind. Die werden mit einer persönlichen Niederlage einfach besser fertig als Atheisten. Bei Katholiken reicht oft ein Hinweis auf die Briefe des heiligen Apostels Paulus. Wenn man da ein Zitat anbieten kann, ist man fein raus. »Ein jeder tue seine Arbeit, wie ihm der Herr befohlen …«

Und nun hat der Herr eben einen anderen Arbeitsplatz für dich! Wir wissen nur noch nicht, wo.

Protestanten, gell, also Menschen mit evangelischem Glauben, sind da in der konkreten Situation schon schwieriger zu handhaben. Der Protestant ist oft angefüllt mit Widerspruchsgeist. Grade, wenn er aus dem Osten Deutschlands kommt, reagiert er oft unklug und lutherisch in der Niederlage. Er neigt zu Anspruchsdenken und hält fest an dem Glauben, der Staat müsste für ihn sorgen. Staatsgläubigkeit ist ein lästiger Glaube. So was wie Eigeninitiative kommt bei den sozialistisch geprägten Lutheranern kaum vor. Im Osten. Im Westen ist es wieder anders. Die Evangelischen, die im demokratischen Westen aufgewachsen sind, können sehr ehrgeizig sein in der Durchsetzung ihrer Ziele. Sind immer wahnsinnig betroffen und unheimliche Gutmenschen. Wollen immer die Welt retten. Kleiner haben sie es nicht. Politisch kommen die meistens aus der SPD oder von den Grünen. Obwohl bei den Grünen mehr das Esoterische, das Fernöstliche daheim ist. Das Buddhistische schlägt da oft durch. Da muss man schon unterscheiden. Es kam da schon zu komischen Situationen bei Entlassungsgesprächen. Ich habe es schon erlebt, dass da einer steht und sagt: »Hier steh ich und ich kann nicht anders!« Da musste ich natürlich lachen. Nur der Betroffene hat nicht gelacht. Darum war es umso komischer, weil entlassen werden musste er trotzdem.

Sehr gute Erfahrungen haben wir mit Muslimen gemacht. Also, genauer gesagt, mit muslimischen Frauen. Wir haben da einen Feldversuch laufen, und die ersten Ergebnisse sind vielversprechend. Wir haben festgestellt, Frauen, die mit Kopftuch in das Unternehmen kommen, um zu arbeiten, fügen sich willig ein in den Produktionsprozess, wenn sie in einer patriarchalen Familie aufgewachsen sind, das heißt einer Familie, wo der Mann das Sagen hat. Diese Frauen wissen, was ein Befehl ist. Solche Mitarbeiterinnen können wir empfehlen. Da haben wir auch nichts gegen das Kopftuch. Bei Muslimen beiderlei Geschlechts raten wir nur zu verstärkter Aufmerksamkeit. Man sollte den Gürtel im Auge behalten. Wenn sich daran kleine Handgranaterl befinden, sollte man mit der Entlassung nicht mehr warten.

Man sollte grundsätzlich beim Einstellungsgespräch bereits an die Entlassung denken. Denn nur bei der Entlassung kommt der wahre Kern des Charakters zum Vorschein. Wenn einer einen Job bekommt, ist die Stimmung positiv. Eine objektive Beurteilung des Charakters ist da kaum möglich. Wenn wir allerdings die Entlassungssituation beim Einstellungsgespräch antizipieren, also gedanklich vorwegnehmen, bekommen wir einen realistischen Eindruck von der Person. Deshalb raten wir bei personalen Entscheidungen immer, von der Entlassung in der Zukunft in die Gegenwart zu denken. Ich sage immer: Wer bei der Einstellung an die Entlassung denkt, denkt realistisch. Grundsätzlich müssen wir die Prozesse vom Ende her bedenken. Immer von hinten nach vorne, dann liegen wir richtig. Das gilt im Privaten genauso wie im Geschäftlichen!

Aber, und das ist jetzt ganz wichtig, im Geschäft richten Sie alleine gar nichts aus. Sie brauchen Support und Commitment.

Deshalb verfügen wir bei der Munich Consulting Company 2000 über ein äußerst effektives Netzwerk – früher hat man dazu in Bayern Spezlwirtschaft gesagt. Unser Netzwerk setzt sich zusammen aus hoch qualifizierten Persönlichkeiten, die in der Peripherie des Unternehmens ihren Support auf einer Stand-by-Position jederzeit anbieten. Dazu gehören ehemalige Bundestagsabgeordnete wie Oswald Metzger von den Grünen oder FDP-Größen wie Hans-Dietrich Genscher. Aber auch Vorbestrafte wie Graf Lambsdorff, dessen Name im Osten Deutschlands in der Immobilienbrache nach wie vor einen sehr guten Klang hat. Friedrich Merz ist dabei, und auch einige SPD-Leute sind uns zu Diensten, die namentlich nicht öffentlich genannt werden möchten. Sozialdemokraten sind diesbezüglich a bissl gschamig.

Nebenbei gesagt, ich war ganz zu Anfang meines Werdegangs kurz in der SPD. Ich kann das aber erklären. Ich war jung, ich war begeisterungsfähig, ich hatte Ideale. Gerechtigkeit, Solidarität, so was halt, was man halt so an Idealen mit sich rumschleppt, wenn man jung und feurig ist. Intellektuelle Akne! Aber ich bin dann wieder ausgetreten. Ich finde, das spricht für meine schnelle Auffassungsgabe, für meine Lernfähigkeit, für mein Talent, Fehler einzugestehen und sofort zu korrigieren! Eben weil ich sehr schnell kapiert habe, dass ich in dieser Partei keine Perspektive habe, dass ich da nicht weiterkomme, dass diese Partei nicht mein Ding ist. Ich bin eines Tages, ich weiß es noch wie heute, vor dem Spiegel im Bad gestanden und habe mir in die Augen geschaut und mir gestanden: Die SPD ist doch nicht dein Ding! Und ab diesem Zeitpunkt ging es aufwärts. Man muss auch mal ehrlich sein können gegenüber sich selbst.

Solidarität, Gerechtigkeit, das ist die ganz große Verlogenheit, dazu muss man berufen sein. Kurz: Ich habe sehr schnell gemerkt, dass ich da nicht hingehöre. Das ist eine wichtige Erkenntnis im Leben, wenn man weiß, wo man hingehört. Das bedeutet nichts anderes, als dass man seine Identität gefunden hat.

Aber ich habe damals Leute kennengelernt, die Geduld hatten, es gibt keine andere Partei, in der die Tugend der Geduld mehr gefördert wird als in der SPD.

In dieser Partei muss einer warten können. Kennen Sie Kurt Beck? Den Vorsitzenden der SPD? Ich frage, weil er erschreckend schwache Umfragewerte hat. Viele wissen nicht, wer das ist. Kurt Beck, sind wir doch mal ehrlich, wer hat auf den in dieser Partei gewartet? – Sehen Sie, niemand. Aber er hat auf die Partei warten können. In der SPD muss man warten können. Sie kennen doch die Redensart, *das läuft auf dich zu,* kennen Sie? Gut. Und die SPD ist ihm zugelaufen wie eine Promenadenmischung, die nicht sehr wählerisch war. Wie finden Sie diese Formulierung? Dieses Bild ist mir neulich eingefallen. Auf irgendeinem Flughafen, als wieder mal ein Flieger verspätet war. Ich finde, das hat Esprit. Habe ich mir gleich notiert. In meinen Moleskine. Kennen Sie dieses kleine schwarze Notizbuch, das schon Ernest Hemingway benutzt hat, wenn ihm etwas Geistreiches eingefallen ist? Hemingway kennen Sie aber? *The old man and the sea.* Wie lautet der Titel auf Deutsch? Keine Ahnung. Ich habe es auf Englisch gelesen. Wie bin ich jetzt auf Hemingway gekommen? Ach ja, über Kurt Beck. Seltsame Assoziation. Manchmal denkt das Hirn, was es will. Zurück zur SPD. Aus meiner kurzen Periode in dieser Partei kenne ich heute noch Leute, die zu meinem persönlichen Netzwerk gehören und die ich heute noch anrufen kann, wenn ich ein Problem mit der SPD habe. Die geben mir wertvolle Hinweise aus dem Inneren der Partei. Solche Kontakte sind unbezahlbar, aber ein bisschen was kosten sie auch. SPD ist nicht so teuer wie CDU oder FDP, aber billig sind die auch nicht. Die CSU wird immer günstiger. Wenn die so weitermachen, kriegen wir die noch umsonst. Stoiber, Seehofer sind lustige Leute.

Diese Leute von der SPD haben sich ja auch entwickelt, die sind aufgestiegen in Leitpositionen. Nicht alle können etwas werden, die Partei verliert Mitglieder und verliert an Wählern eine Menge. Trotz allem sind in der SPD viele etwas geworden, von denen niemand geglaubt hat, dass aus denen mal was wird. Nicht alle sind Abgeordnete geworden, obwohl das jeder werden kann, nicht alle sind Minister, einige sind Referenten und können ihren Einfluss geltend machen. Aber wenn Sie mich jetzt nach Namen fragen, keine Ahnung, sie sind alle irgendwie namenlos geblieben.

Solche Kontakte brauchen Sie, wenn Sie erfolgreich sein wollen als Berater. Das ist sehr wichtig, dass Sie Kontakte aufbauen können, Kontakte halten können über Jahre, dass Sie Leute binden können, Bindungsfähigkeit ist ganz wichtig, auch wenn sie politisch ganz woanders stehen. Das heißt Meetings, immer wieder Meetings, essen gehen, Rotwein, Käse, Dolce. Gemeinsames Durchstehen von riskanten Lebenssituationen schafft gemeinsame Erinnerungen und daraus entsteht Schicksal. Viele Leute leiden an Schicksalsmangel. Grade im Topmanagement erleben sie ja nichts mehr. Ganz oben herrscht Schicksalsarmut. Die Vorstände hocken nur noch im Büro und arbeiten oder sie sitzen in Sternerestaurants beim Essen. Für ein richtiges fettes Schicksal bleibt da kaum Zeit. Die paar Puffbesuche bringen es auch nicht. Darum bieten wir von der MCC für Vorstände und Manager Schicksalswochenenden an.

Ja, unser »fate weekend« mit dem »destiny module« wird gut angenommen. Diese Schicksalsevents werden sehr gern gebucht. Um das Gefühl des gemeinsamen Verlierens zu erleben, haben wir in der letzten Bundesligasaison beispielsweise gern Spiele des FC Bayern München besucht.

Sehr beliebt ist unser Segeltörn auf dem Chiemsee. Da haben wir eine speziell für unsere Zwecke präparierte Yacht. Da kommen alle drauf, kann keiner mehr runter, wenn wir mal rausgefahren sind auf den See, und dann ziehen wir den Stöpsel raus, um mal dieses Gefühl des gemeinsamen Untergehens zu erleben. Also, das gemeinsame Absaufen, das Treiben und Schwimmen im See mit anschließender Rettung kommt sehr gut an. Da schwärmen alle davon.

Event

Gestern Abend, das war wirklich gelungen. Der Abend hat schon eine gesteigerte Schicksalsqualität gehabt.

Einmal im Jahr lassen wir es richtig krachen. In einem Tophotel, letztes Jahr waren wir im neuen Ritz am Potsdamer Platz. Und diesmal waren wir in München im Bayerischen Hof. Supermenü mit Sterneköchen. Schuhbeck haben wir da gehabt und den mit dem Spitzbart, der ist ja wirklich also ... Topweine, der rote war wirklich ... und der weiße, vorher Dings-Aperitif ... nachher Dings-Kaffee ... und Espresso ... und Dolce, sag ich Ihnen, mit Früchten ... und dann Käse ... na, wie heißt der noch mal, der, den man mit dem Feigensenf ... wir wollten mal so richtig ... also mit unseren besten Kunden feiern. Wo die sagen: Das war mal was!

Und da hatten wir diesmal als Höhepunkt einen Kabarettisten. Ich hab den gar nicht gekannt. Ganz jung war der nicht mehr. Ich hab den auch schon mal irgendwo gesehen. Wir wollten so einen richtig bösen Burschen haben. So einen, der uns mal richtig beleidigt. Aber mit Stil. Was wir ganz gern haben sind Leute, die uns anständig beleidigen können. Die sich ordentlich empören über die unfähigen Politiker und die Manager. Die persönliche Einstellung ist dabei ausschlaggebend, die Haltung. Finde ich. Bei den Kabarettisten. Bei den Managern auch. Ich habe ihn noch angestachelt, den Kabarettisten, der Name fällt mir jetzt nicht mehr ein, auch egal, auf jeden Fall war das einer mit erigiertem Zeigefinger. So ein ganz moralischer. Unerbittlich und böse. Ein gnadenloser Kabarettist. Mein Gott, war der böse. Immer böser ist der geworden. Zynisch auch. Was hat er gesagt? ... Die Politiker wären nur erbärmliche Figuren, unfähig und mittelmäßig. Und dann hat er sich den Stoiber vorgenommen und die Merkel und »Äh« und noch mal »Äh« und die Merkel nachgemacht und ihren plattfüßigen Gang nachgeäfft, also da kam Stimmung auf. Und den Papst, dem hat er es aber ordentlich besorgt. Da ist auch ordentlich gelacht worden. Der Papst, wenn er da gewesen wäre, der wäre gegangen. Aber er war nicht da. Und dem Bush hat er es auch gesagt. Der wäre geblieben, wenn er dagewesen wäre, doch, der Bush hat Humor.

Lachen

Ich habe überhaupt nicht lachen können. Ich habe zwar so getan, als müsste ich, aber ich habe mich zwingen müssen zum Lachen. Na ja, ich wollte nicht auffallen. Habe halt mitgelacht mit den anderen. Aber das war das letzte Mal. Ich mag nicht mehr. Ich bin jetzt alt genug, habe ich mir gesagt, ich muss nicht mehr lachen, wenn andere lachen, ich lache nur noch, wenn ich muss. Aber ehrlich gesagt, ich habe noch nie lachen müssen. Solange ich lebe, habe ich noch nie lachen müssen. Ich habe gelacht, das schon, aber müssen habe ich nicht. Eigentlich habe ich noch nie lachen können. Ich finde einfach nichts komisch. Das heißt, ich finde schon einiges komisch, aber lachen kann ich nicht darüber.

Es gibt Menschen, die können lachen über den Bundespräsidenten, komisch finde ich ihn auch, aber ich lache nicht über ihn. Komische Situationen habe ich auch schon erlebt. Einmal, da ist hinter mir auf einer Liegewiese ein Radl umgefallen. Es waren kaum Leute da. Der Boden war weich und deshalb hat das Radl das Gleichgewicht verloren und ist umgefallen. Also, ein Vorgang, den man physikalisch erklären kann. Ich habe das bemerkt und habe mich umgeschaut und seh, dass das Radl umgefallen ist. Und bin hin und habe es aufgehoben, weil ich halt ein Mensch bin, der weiß, dass ein Radl nicht einfach liegen bleiben kann, wenn es umgefallen ist. Ich habe mich verantwortlich gefühlt dafür, dass das Radl umgefallen war, obwohl ich mit dem Radl nichts zu tun hatte. Ich habe es also aufgehoben, und wieder ist es umgefallen. Es wollte einfach nicht stehen bleiben, das saudumme Radl, das irgendjemand da hingestellt hatte. Und ich war halt in der Nähe und habe eine Beziehung zu dem Geschehen verspürt. Als das Radl dann wieder umgefallen war, nachdem ich es noch einmal aufgestellt hatte, habe ich mich umgeschaut, ob mich jemand dabei beobachtet hat bei meinen Bemühungen, meinem Verantwortungsgefühl für das Umfallen des Radls nachzukommen. Und nachdem ich feststellen konnte, dass mich niemand bei meinem Scheitern beobachtet hatte, habe ich das saudumme Radl einfach liegen lassen auf der Wiese und bin weggegangen. Aber hinterher musste ich feststellen, dass meine Frau mich die ganze Zeit über beobachtet und über meine hilflosen Bemühungen gelacht hatte. Ich habe nicht lachen können, obwohl das gesamte Geschehen saukomisch gewesen sein soll.

Indianer

Ich habe mich natürlich gefragt, woran es liegen könnte, dass ich keinen Lachimpuls verspüre. Ich habe überlegt. Dass ich möglicherweise eine schwere Kindheit gehabt habe, oder zu wenig Fernsehen, oder die Frau? Ich habe mir wirklich Gedanken darüber gemacht, weil es mich selber interessiert hat, warum ich nicht lachen kann. Und auf einmal habe ich die Erklärung dafür gehabt. Es liegt daran, dass ich ein Indianer bin. Von der Mentalität her. Da habe ich auch gestaunt, aber einen anderen Grund kann es nicht geben. Oder haben Sie den Winnetou einmal lachen sehen? Das würde nicht zu ihm passen. Ein Indianer kann nicht lachen. Der weint auch nicht. Der zeigt keine Gefühlsregung. Das weiß man ja, dass ein Indianer keine Gefühle hat. Die Gefühllosigkeit ist das Herzstück des indianischen Ideals.

Haben Sie sich noch nie gefragt, warum der ideale Indianer keine Gefühle zeigt? Na, weil er in dem Moment die Beherrschung verlieren würde. Wer weint oder lacht, verliert die Beherrschung, verliert die Fassung, gerät außer Kontrolle, und das kann er überhaupt nicht haben. Drum beherrscht er sich immer. Kontrolle ist alles beim Indianer. Weil er glaubt, wenn er die Kontrolle über sich verliert, zeigt er Schwäche. Und da hat er recht. Wer lacht, ist ja auch schwach, der lässt eine Reaktion zu, die ihn einen Moment aus der Fassung bringt. Das Zwerchfell zieht sich zusammen und schon ist ein Lacher entstanden! Wer lacht, zeigt Schwäche. Bei den Indianern ist das so.

Ich habe mich kundig gemacht. Der Claude Lévi-Strauss, ein Menschenforscher, hat die Indianer in Südamerika besucht und einen indianischen Mythos über die Entstehung des Lachens gefunden. Für die Indianer entsteht das Lachen, weil der Weltenschöpfer, der Demiurg Nedamik, die Menschen einer Prüfung unterzieht. Er kitzelt sie. Und diejenigen, die lachen, werden in Landtiere verwandelt oder in Wassertiere. Die Landtiere werden die Beute des Jaguar und die Wassertiere können dem Jaguar entkommen, durch Flucht ins Wasser. Was heißt das? Wer lacht, muss schwimmen können, oder er gehört der Katz! Lachen ist in jedem Fall gefährlich und kann den Tod bedeuten.

Und diejenigen, die es schaffen, nicht zu lachen, die werden in Jaguare verwandelt. Also, sie erlangen gleich eine höhere Stufe des Daseins. Haben Vorteile. Sind schnell und schlau und dürfen jagen! Und diejenigen, die sich überhaupt nicht zwingen müssen, nicht zu lachen, weil diese Regung bei ihnen gar nicht angelegt ist, die werden zu Jägern des Jaguar. Höchste Stufe des Daseins! Also Indianer. Und da scheine ich dabei zu sein. Aber ich bin ein ganz moderner Indianer, meine Prärie befindet sich in der Wirtschaft, drum bin ich ja Unternehmensberater geworden. Wie gesagt, es ist von Vorteil, wenn man sich nicht aus der Fassung bringen lässt. Und schon gar nicht von Kabarettisten, die nur versuchen, die Leute aus der Fassung zu bringen. Der auf unserem Fest war wirklich gut. Er hat alles probiert und alle Register gezogen. Und als er dann auf Ackermann gekommen ist, da war kein Halten mehr.

Ackermann und andere, die es verdienen

Immer wieder Ackermann. Ich weiß nicht, ob der Ackermann die Kabarettisten bezahlt dafür, dass sie immer wieder auf ihm rumhacken. Weil Ackermann ist schon ein sehr dankbares Objekt des Kabaretts geworden. Allein die Nennung des Namens reicht aus für einen Riesenapplaus. Und da können alle klatschen, von ganz links bis ganz rechts. Den mögen sie in keinem politischen Lager, weil er so viel verdient. Und dann fragt der Kabarettist zynisch: Und was bleibt ihm davon nach der Steuer? Riesenbeifall!

Ich hoffe, dass bei den jungen Kollegen der Zunft,

der nachwachsenden Kabarettgeneration, wieder mehr Verantwortung wächst für die zu beleidigenden Topmanager und Politiker. Auch der Kabarettnachwuchs muss wieder ein Mitgefühl für die angegriffenen Politiker entwickeln. Es fehlt leider oft am Verständnis für die Probleme der Topmanager. Machen wir doch mal ein Beispiel. Greifen wir uns einen heraus. Einen ganz armseligen Tropf. Den Klaus-Peter Müller von der Commerzbank, der seine Vorstandsbezüge im letzten Jahr um 175 Prozent steigern konnte. 175 Prozent! Vielleicht hat er nicht anders können. Wahrscheinlich ist er das wert.

Da wird immer der Ackermann von der Deutschen Bank herausgestellt oder der Kleinfeld mit seiner lächerlichen 30-Prozent-Erhöhung, die er nun sogar ein Jahr zurückstellt, und einer der ganz Gierigen kommt überhaupt nicht vor in der Debatte. Der Klaus-Peter Müller muss sich doch vernachlässigt fühlen. Der muss sich doch grämen und ärgern, weil er überhaupt nie genannt wird. 175 Prozent Erhöhung im Jahr und er kommt überhaupt nicht dran. 175 Prozent – das ist doch was.

»Bin ich denn zu nichts nutze?«, fragte er mich. Der war da. Hat nur noch lustlos in seinem Dolce rumgestochert. Der war fertig.

»Nicht einmal die Kabarettisten nehmen mich aufs Korn, obwohl ich mich doch wirklich auffällig benommen habe, was meine Geldgier angeht.« Der

Müller schrammt knapp an einer Neurose vorbei, wenn die Kabarettisten den nicht mal rannehmen.

Bei der deutschen Bank sind die Bezüge um 26 Prozent gestiegen. Lächerlich, im Vergleich zu den anderen Geldgierigen. Die Aktie der Deutschen Bank ist um 52 Prozent gestiegen, und Ackermann bekommt bescheidene 26 Prozent mehr. Sind angeblich immer noch 8,6 Millionen ohne Prämien. Inzwischen habe ich gelesen, 13,8 Millionen.

Es gibt aber auch Beispiele von Bescheidenheit. Bei der TUI, dem Touristikkonzern, sind die Vorstandsbezüge um 26 Prozent gestiegen, die Aktie aber um 23 Prozent gefallen. Das kann man großzügig nennen. Ein Herr Frenzel leitet diese Minusbude. Der Frenzel und seine Burschen von der TUI haben einen Verlust für die Aktionäre erwirtschaftet und sich diese Arbeit mit einer 26-Prozent-Erhöhung vergelten lassen. Das ist schön. Die werden sich gesagt haben, wir haben aber geschuftet und gearbeitet, was ging, und zu mehr hat es einfach nicht gelangt. Herr Frenzel und seine Vorstände können getrost in die Zukunft schauen, weil ihnen das Unternehmen vertraut, auch wenn sie keine Gewinne machen. Das nenne ich eine Einstellung. Was ist denn bloß los in diesem Land? Es fehlt die richtige Einstellung zum Geld.

Wir müssen mal über das Geld reden. Es gibt in diesem Land zu viel Neid und Missgunst und zu wenig Verständnis für die Nöte der Topmanager.

Versetzen wir uns doch einmal in die Lage eines Topmanagers. In den Herrn Mehdorn von der Bahn können wir uns mal versetzen. Der Mehdorn, unser oberster Fahrdienstleiter. Was hat der geackert, bis er die Bahn da hatte, wo sie jetzt steht. Steht ist nicht ganz richtig. Sie fährt ja manchmal sogar pünktlich. Jetzt will er sie unbedingt an die Börse fahren lassen. Damit wir alle die Möglichkeit haben, mit Verspätungen spekulieren zu können. Der Mehdorn will, dass wir alle die Aktie kaufen und auf Gewinne mit dem »Zu-spät-Kommen« spekulieren. Man kann dann Anteile kaufen an diesem Zeitfahr-Unternehmen mit miserablem Kaffee und unfreundlichem Service. Ich bin mal gespannt, wer Anteile am Serviceteam der Bahn kaufen will. Aber es wird schon welche geben. Es gibt immer welche, die sich gern unfreundlich behandeln lassen.

Immerhin hat der Mehdorn die Bahn ins Plus gebracht. Die Bahn macht Gewinne. Eigentlich ganz logisch bei der Fahrpreisgestaltung. Und nun hat er sich seine Bezüge um 205 Prozent erhöhen lassen. Und viele sagen, das hätte der Mehdorn nicht verdient. Tja, und wissen Sie, was ich glaube? Das stimmt.

Aber verdienen muss jeder etwas. Auch die Topmanager. Und wenn es Missgunst und Neid ist. Neid ist im Grunde genommen nichts anderes als negativ aufgeladene Anerkennung. Der neiderfüllte Mensch wird von dem Gefühl geplagt, einem anderen nicht gönnen zu können, was er hat. Neid kann sich auf alles Mögliche beziehen. Auf materielle Güter, Geld, Haus, Besitz, aber auch auf Ideelles, Geistiges, Ansehen, Ehre. Wer Neid spürt auf erfolgreiche Zeitgenossen, erkennt deren Schaffen an. Andernfalls wäre nicht nachzuvollziehen, dass der vom Neid Geplagte haben will, was der andere hat. Neid ist ein Scheißgefühl. Habe ich S c h e i ß g e f ü h l gesagt?

Da haben wir sie schon wieder, die Verbindung zum Analen. Nur vom Neid alleine kann kein Mensch leben. Neid kann nur der genießen, der was hat, was andere gern hätten. Glück, Schönheit, Reichtum, Geld! Wir müssen reden. Heißt es immer wieder. Übers Geld. Aber über Geld redet niemand gern in diesem Land. Wie viel einer verdient, geht keinen etwas an. Weil man Neid befürchtet. Wem Neid entgegenschlägt, der spürt mitunter schon die Aufforderung, etwas abzugeben, und verschließt instinktiv die Taschen. Der Neiderfüllte zieht einen Zugriff in Erwägung, und deshalb lässt derjenige, auf den der scheele Blick fällt, das Rollo runter.

Das hängt vielleicht damit zusammen, dass wir Deutschen ein Volk von »anal hortenden Charakteren« sein sollen. Haben Psychologen rausgefunden. Wir sitzen auf dem Geld, sagen sie. Die Sparquote ist ziemlich hoch in diesem Lande, und das erklären diese psychologischen Experten mit dem Zusammenhang von Geld und Verdauung. Der Darm ist quasi unser Sparstrumpf. In einem psychologischen Sinn. Jedes Gefühl findet seine Entsprechung im Körperlichen. Das ist ja bekannt. Das Seelische drückt sich körperlich aus. Und das Gefühl für das Geld ist im Schließmuskel daheim. Logisch, Geld geben die wenigsten gern freiwillig her. Geld hält jeder lieber zurück, und deshalb bietet sich dafür als physische Entsprechung der Schließmuskel an. Darum gilt der Deutsche als zurückhaltend. Zumindest was das Geldausgeben betrifft. Außer es handelt sich um Steuergelder, da versagt der öffentliche Schließmuskel oft eklatant.

Und nun berichten Psychologen, das Neidgefühl sei auch im analen Bereich angesiedelt. Ich finde, das hat der Arsch nicht verdient. Er hat schon genug zu tun mit den alltäglichen Ausscheidungen und müht sich redlich, seine Aufgaben korrekt und möglichst still zu erfüllen. Im Verborgenen muss er tun, was ihm von der Natur aufgetragen ist. Nur dazu soll er entblößt werden dürfen, um befreit von den Verhüllungen Entsorgungsdienste zu leisten. Entfährt ihm in aller Öffentlichkeit in der sogenannten guten Gesellschaft ein Wind, macht er mit einem Laut auf sich aufmerksam und gibt damit eine Zwischenmeldung über die fortschreitenden Prozesse im Innern, so wird dies als peinlich hingenommen und die Persönlichkeit, die mit den Druckverhältnissen zu tun hat und aus deren Mund eine Entschuldigung erwartet wird, ist angehalten, sich zu schämen.

Man sollte ihn doch auch mal in Ruhe lassen. Den Arsch. Er steht ohnehin nicht im besten Ruf! Dabei leistet er so viel Gutes, wenn er sich locker öffnen darf. Doch wann darf er das schon mal frei und ungehalten? Nur in frühester Kindheit in der analen Phase, danach ist Schluss mit lustig. Und nun hat man ihm auch noch den Neid zur Untermiete einquartiert. Reicht es nicht, dass er zuständig ist für die Verkniffenheiten und Verkrampfungen des Alltags? Und kaum einer traut sich, darüber zu reden. Immer diese Verschwiegenheiten über den aufkommenden Druck im Innern. Da wird nicht drüber geredet.

Einkünfte ohne Auskünfte

Finden zum Beispiel auch einige Abgeordnete des Bundestags, die nicht veröffentlichen wollen, wie viel sie einstreichen pro Jahr an Nebeneinkünften. Denn auch die Nebeneinkünfte müssen verdaut werden.

Deshalb klagen die Herren in Karlsruhe gegen das neue Abgeordnetengesetz zur Offenlegung der Nebeneinkünfte. Das muss man verstehen. So ein Abgeordneter verzichtet ja auch auf viel. Zum Beispiel auf eine eigene Meinung. Eine Meinung reicht bei denen gar nicht. Wenn der Volksvertreter jetzt zum Beispiel für die Tabakindustrie im Bundestag sitzt und gleichzeitig für seinen Wahlkreis, dann muss er schon zwei Meinungen vertreten. Zwar nicht gleichzeitig, aber immerhin. Das ist sicher keine leichte Aufgabe. Aber das geht schon, weil die Tabakhändler ihm dafür eine Nebeneinkunft überweisen. Und daneben kann er auch noch für die Gesundheit seiner Wähler eintreten. Dafür bekommt er ja seine Diäten.

Vielleicht hat deshalb die Merkel die UNO-Konvention gegen Korruption noch nicht unterschrieben. Sie kann nicht, weil die Abgeordneten nicht wollen. Die haben Bedenken. Es gebe diffuse Ängste vor ungerechter Verfolgung, sagt der Joachim Stünker, der rechtspolitische Sprecher der SPD. Frau Zypries wollte schon mal ein Gesetz schreiben lassen, das bedenkliche Abgeordnete – falsch, bestechliche Abgeordnete unter Strafe stellt. Unsere Abgeordneten müssen nicht bestochen werden, die haben Nebeneinkünfte.

Sieht nach einem Dilemma aus, aber was sollen sie machen, unsere Volksvertreter? So ist das nun mal in der Demokratie. So ein Abgeordneter will ja auch wiedergewählt werden, und deshalb wissen die schon, was sie uns erzählen müssen, damit sie unsere Stimme bekommen. Und wir tun ja auch, wie uns geheißen, oder? Also, ich wähle nur den Kandidaten, der mir nach dem Munde redet. Ich bin doch nicht blöd. Ich gebe doch keinem meine Stimme, der nicht meine Meinung vertritt. Ich kann einfach nicht gegen meine innerste Überzeugung handeln. Es gibt ja immer wieder Politiker, die versuchen, es allen recht zu machen, indem sie uns erzählen, es wäre vernünftig, was sie vorhaben. Sie breiten über allem den Mantel des Allgemeininteresses aus. Aber wer will schon vernünftige Politik? Also, ich reagiere auf Vernunft in der Politik allergisch. Beispiel die Pendlerpauschale. Ich würde sie komplett abschaffen. Die kostet uns doch nur Geld. Warum sollen Leute, die draußen auf dem Land wohnen und täglich pendeln, einen Zuschuss vom Staat bekommen? Und die Dummen sind diejenigen, die in der Stadt die hohen Mieten bezahlen müssen, die gehen leer aus. Es wäre also vernünftig, diese Subvention einfach zu streichen. Wenn der Abgeordnete diese Meinung vertritt, bekommt er nicht mehr die Stimmen der Pendler. Meine Erfahrung sagt mir, vernünftige Politik bringt eine ganze Menge Nachteile mit sich. Drum gibt es die auch kaum.

Manchmal bieten sich Modelle des Zusammenlebens an, von denen wirklich alle etwas hätten. Beispiel Rauchen. Obwohl es wirklich nicht leicht ist, zwischen Nichtrauchern und Rauchern einen gerechten Ausgleich zu finden. Aber in dem Fall ginge es. Man müsste analog zum Emissionshandel mit Schadstoffen, die unsere Umwelt kaputtmachen, einen Handel mit Lungenkrebsrechten aufziehen. Die Nichtraucher verkaufen ihre Lungenkrebsrechte den Rauchern und beide Seiten wären fein raus.

Aber da kommen sie nicht drauf, unsere Volksvertreter. Ich werde den Vorschlag demnächst, wenn sich irgendwo die Gelegenheit dazu ergibt, einbringen. Das wäre doch was für die SPD. Da könnten sie mit ihrer sozialen Kompetenz auftrumpfen. Grade bei einem Thema wie Rauchen, das ist ja ein proletarischer Klassiker.

Der Coup: Ein Handstreich und seine Folgen

In einer solch komfortablen Situation befinden sich die Topmanager nicht. Die Lage in der Wirtschaft ist in der Regel verzwickter. Nebeneinkünfte werden dort buchhalterisch unter dem Posten »außerordentliche Geldzuflüsse« geführt. Falls sich die Justiz dieser Flüsse annimmt, wird der Vorgang als Unregelmäßigkeit bezeichnet, wobei von »unregelmäßig« kaum gesprochen werden kann, denn die Zuflüsse, um die es meistens geht, flossen in der Regel regelmäßig.

Es sind halt ein paar Topmanager, die immer wieder ins Gerede kommen, weil sie sehr viel Geld bekommen für ihre Arbeit. Und das ist keine leichte Arbeit, weil sie eine große Verantwortung übernommen haben für viele Menschen, die in ihren Unternehmen in Lohn und Brot stehen. Das ist nicht von der Hand zu weisen. Fürs tägliche Brot reicht es meistens schon noch, bei denen, die ihren Arbeitsplatz behalten dürfen im Unternehmen, das der Topmanager lenkt. Er hat vor allem eine Verantwortung für das Unternehmen insgesamt.

Jetzt schauen wir uns doch mal den Fall Siemens näher an.

Doping ist das eine und Korruption ist das andere. Kann man nicht vergleichen. Oder doch? Korruption ist was anderes. Obwohl? Genommen wird da auch viel, aber da wird nicht so viel gestanden. Da wird weniger zugegeben. Und nicht so viel geheult. Grob unsportlich ist Korruption aber auch. Aber Siemens ist nicht überall. Und dennoch, Siemens hat mit Korruption Arbeitplätze geschaffen. Doping schafft auch Arbeitsplätze. Allein an der Uni in Freiburg haben sie 1500 Sportler betreut. Auch ein schönes Beispiel dafür, wie frei Wissenschaft und Forschung in diesem Lande sind.

O. k., sie haben Kunden geschmiert. Bei Siemens.

In Freiburg an der Uni? Vielleicht auch – keine Ahnung. Aber dafür haben sie auch den Auftrag bekommen. Bei Siemens. Es wird ziemlich gemein auf den Vorständen von Siemens rumgehackt. Die haben doch nur ihre Pflicht getan. Der von Pierer hat nichts gewusst. Der hat gesagt, als Vorstand kann er nicht alles wissen, da hätte er viel zu tun. Die Vorgänge sind zu komplex. Kann man verstehen, deshalb haben sie ja einen Korruptionsbeauftragten bei Siemens eingebaut, der aber auch nichts mitgekriegt. Logisch, dafür war er ja zuständig. Also, das hat ziemlich perfekt funktioniert dort.

Aber jetzt versetzen wir uns doch mal in die Lage von Siemens. Das Unternehmen muss weltweit Aufträge ranschaffen. Immerhin sind bei diesem Unternehmen fast 500 000 Leute in Lohn und Brot. Nun muss Siemens mit Unternehmen in Russland konkurrieren um die internationale Kundschaft. In Russland, das wissen wir alle, haben wir eine Demokratie. Hier in Deutschland haben wir einen Rechtsstaat. Das wissen nicht alle. Das sind ungleiche Voraussetzungen. In Russland ist Bestechung normal, bei uns ist sie verboten. Das ist die Lage. Wieder so ein Dilemma.

BenQ, denken Sie vielleicht, gell? Die Telefonieabteilung von Siemens ist nicht mehr rentabel. Ich habe auch mal ein Handy von Siemens am Ohr gehabt. Habe immer so heiße Ohren davon bekommen.

Ich glaube, ursprünglich sollte das eine Herdplatte werden und kein Handy. Also offensichtlich haben mehr Menschen bemerkt, dass das Gerät ein Glump ist, und haben sich dagegen entschieden. Und jetzt sind sie bei Siemens auf die Idee gekommen, die Abteilung abzustoßen. Tja, nur wer kauft eine marode Abteilung? In Taiwan sind sie fündig geworden, die Kollegen von Siemens. Ich vermute allerdings, dass eine Unternehmensbratung den Deal eingefädelt hat.

Das war nicht leicht, diese Firma den Taiwanesen zu verkaufen. Die wollten die erst gar nicht haben. Da mussten die von Siemens noch 350 Millionen drauflegen, dass sie diese Minus-Sparte überhaupt genommen haben. Ich habe zwar nur sechs Wochen BWL gehabt, aber in dieser Zeit habe ich gelernt, wenn ich etwas verkaufe, dann kriege ich Geld dafür. In diesem Fall war es umgekehrt. Es muss also noch ein anderes Seminar der Betriebswirtschaftslehre geben, vielleicht sogar eine ganze Schule, die das Gegenteil für sinnvoll hält. Aber wesentlich bei dem Geschäft war etwas anderes. Diesmal wurden nicht wie sonst üblich die Arbeitsplätze ins Ausland verschoben, sondern die Entlassungskompetenz. Und das war sehr clever. Es hat zwar bei uns in der Presse einen Riesenwirbel gegeben, eine negative Wolke der Empörung, und viel Verständnis für die Betroffenen. Politiker aller Parteien haben Verständnis für die entlassenen

Mitarbeiter geheuchelt, und es war nicht für alle Beteiligten eine Freude, ihnen zuhören und zuschauen zu müssen. Genützt hat es nicht viel. Das hat die Manager in Taiwan bei der Mutter, also bei BenQ, ungefähr so viel gejuckt, als wenn bei uns in Bayern das berühmte Knödelwasser kocht.

Den Kollegen von der Consultingabteilung, die dieses Konzept entwickelt haben, muss ich ein Kompliment aussprechen. Ich kenne die Agentur nicht, aber der Coup mit BenQ war gelungen.

Unwirsch schaut ungeduldig auf die Uhr.

Der Auftrag

Es ist wirklich zu dumm. Ich werde den Termin mit Kuhlke in Berlin nicht halten können. Schade. Wir waren zum Essen verabredet. Dr. Arthur Kuhlke, ein wichtiger Mann in Berlin. Wir haben uns kennengelernt im Kloster Dieburg in der Nähe von Eichstätt, auf einem Schweigeseminar. Ich habe sakralen Tanz gemacht und er Qigong. Eine Woche das Maul halten ist gar nicht so einfach. Noch dazu für einen aus Berlin. Aber bei diesem Schweigeseminar sind wir ins Gespräch gekommen. Also, nicht während des Schweigens, sondern nachher.

Mit Arthur kann ich gut. Und er mit mir auch. Es

ist der persönliche Kontakt, der stimmen muss. Deshalb haben wir den Berlinauftrag auch bekommen. Ich bin sicher, dass der persönliche Flow ausschlaggebend war für den Auftrag. Unsere PowerPoint-Präsentation war top. Aber die hätte nicht viel geholfen, wenn nicht auch eine gewisse Sympathie rübergekommen wäre.

Zwischen Kuhlke und mir stimmt es einfach. Kuhlke leitet in Berlin die Kommission »Integrierte Kommunikation!«

Um was geht es? Das Land Berlin ist hoch verschuldet. Knapp 70 Milliarden Schulden. Das Land Berlin ist pleite. Zahlungsunfähig. Wowi hat versucht, dem Bund die Schulden aufzubürden. Doch der Bund weigerte sich. Dann ist er nach Karlsruhe gegangen. Der Wowi. Hat geklagt. Die Richter haben es aber grad noch gemerkt. Hat er verloren. Jetzt überlegt Wowi, was zu tun ist. Das BVG hat zum Sparen gemahnt. Die Ratlosigkeit ist groß. Es besteht Beratungsbedarf. Und eines Tages sitze ich im Flieger nach Berlin, und wer sitzt neben mir? Arthur Kuhlke. Wir haben uns sofort wiedererkannt. Und da erzählt er mir, dass Berlin ganz dringend eine Imagepolitur braucht. Das war seine Formulierung. *Imagepolitur.* Kosmetik also! Weg vom miesen Image, gell, Berlin als verschuldeter Sumpf, in dem sich Kriminelle aller Couleur tummeln und auf Kosten des Steuerzahlers bereichern. Und dann erzählt er, dass

Wowi ganz neidvoll nach Saarbrücken schaut. Ich sage, Saarbrücken ist doch total pleite. Ja, sagt er, aber schau dir mal an, was die draus gemacht haben. Mit ein bisschen Imagewerbung haben die sich vom Armenhaus Deutschlands zum Paradies der Fleißigen hochstilisiert. Und er sagt, das wäre gar nicht mal so teuer gewesen. 13 Millionen für Gutachten und noch mal 12 Millionen für Öffentlichkeitsarbeit und Repräsentation.

Und woher nehmen die das Geld?

Notprogramm, Kürzungen bei Kultur und Soziales. Von 91 Grundschulen werden 26 geschlossen.

Vorbildlich, sage ich.

Und Einschnitte beim Staatstheater. Ja, sagt Kuhlke, aber leider haben sie nur eines, deshalb können sie es nicht schließen.

Aber den Etat kürzen können sie schon und tun sie auch?, frage ich.

Wir haben da wesentlich mehr in Berlin zu bieten, meint er und grinst.

Wir haben die Komische Oper, die Deutsche Oper und dann haben wir ja auch noch die Staatsoper! Und dabei lacht er triumphierend.

Na ja, sag ich, Berlin hat Potenzial. In Berlin werden 25 Millionen nicht ausreichen. Aber mit 50 Millionen kommen wir hin, sage ich, damit, sage ich, würde ich mir zutrauen, eine mindestens so erfolgreiche Kampagne hinzukriegen.

Gut, sagt Kuhlke, mach mal eine Präsentation. Schön bunt, PowerPoint, aber nicht zu kompliziert, einfache Schaubilder! Die Kollegen wollen es einfach.

Ich sage: Ich weiß, was du meinst.

Und dann habe ich aus dem Stegreif auf dem Flug nach Berlin-Tegel die Grundzüge einer Berlin-Analyse entworfen.

Ich sage, ihr habts in Berlin in der Verwaltung einen suboptimalen Practice-Flow!

Er nickt.

Was ihr brauchts in Berlin ist eine Performance-Optimierung!

Und wieder nickt er heftig.

Ich sage: Erreichen können wir diesen revolutionären Prozess nur durch sukzessives Cost-Cutting.

Und sein Nicken wird noch heftiger.

Und, sage ich, wir werden auf der Basis einer Null-Basis-Budgetierung eine kombinierte Matrixstruktur der Information-Flows erstellen.

Kuhlke hat überhaupt nicht mehr aufgehört zu nicken.

Ich bin sicher, sage ich, dass wir nach unserer sachkundigen Analyse, angereichert durch die Ergebnisse mittels gewichteter Mittelwerte, auf eine komplexe Erklärungsvariable stoßen werden, aus der wir einen konzeptionellen Ansatz entwickeln können.

Sagt Kuhlke: Genau das ist es, was wir brauchen. Konzeptioneller Ansatz!, ruft er. Mittels gewichteter Mittelwerte! Grandios!

Wissen Sie, was das heißt, »mittels gewichteter Mittelwerte«? Das heißt irgendwie.

Wir haben den Auftrag bekommen. Und nun wär ich auf dem Weg nach Berlin, um ihm die Datenbasis zu plausibilisieren. Wenn dieser blöde Flieger nicht so viel Verspätung hätte.

Es wäre schon hilfreich, wenn die Kommission in Berlin meine Sicht der Dinge übernehmen würde. Dazu waren wir verabredet. Nur leider macht die Lufthansa nicht mit.

Kuhlke hat direkten Zugang zum Regierenden Bürgermeister. Mei, der Arthur. Ich weiß eh schon alles über ihn.

Er war bei den Maoisten und wollte ins Kloster gehen, hat er mir erzählt. Der Kuhlke. Zu den Buddhisten wollte er. Er war mehr fernöstlich orientiert, war ich nie. Ich war immer sehr katholisch, Demut und Keuschheit hat mich immer fasziniert.

Der Kuhlke hat dann eine starke Bhagwanisierung erlebt. Er war ein ganz ein wilder Sannyasin. Er habe sich das Hirn rausgevögelt, hat er gesagt. Ich bin aus der Kirche ausgetreten und verspüre übrigens grade wieder einen starken Impuls hin zum Transzendenten. Wehre mich aber dagegen. Ich werde aber schon schwach. Ich spüre es. Ich kann kaum noch an einer katholischen Kirche vorbeigehen.

Seltsame Zufälle gibt's. Treff ich den Kuhlke beim Schweigen!

Wir waren bei Sarah Wiener verabredet, die hat sehr schöne ruhige Ecken in ihrem Lokal und man isst ganz ausgezeichnet. Kennen Sie das Lokal? Wenn Sie mal in Berlin sind, gehen Sie da mal rein. Ich kann das wirklich empfehlen, wenn Sie mal ungestört sein wollen. Dann gibt es nur Sarah Wiener.

Arthur Kuhlke hat diesen Treffpunkt vorgeschlagen. Bei Wiener sitzen sie alle. Schröder hat da einen Dauerplatz. Ich glaube, der arbeitet dort inzwischen. Er sitzt dort immer etwas versteckt. Im russischen Eck. Das ist inzwischen ein geflügeltes Wort. Im russischen Eck! Dort tafelt Schröder mit lupenreinen Demokraten.

Lacht.

Und mich würde interessieren, ob unter dem Tisch tatsächlich diese russische Gaspipeline durchläuft.

Vibrationsalarm

Sein Handy klingelt, es ist auf Vibrationsalarm gestellt.

Tschuldigung. Es vibriert, mein Vibrationshandy. Ich stell immer auf Vibration. Die Klingeltöne nerven mich maßlos. Am schlimmsten ist das Klingelzeichen, wo du das Gefühl hast, du befindest dich mitten in einem amerikanischen Thriller und der Chef-Detektiv selber hebt ab, und am andern Ende der Leitung meldet sich der Killer, Hannibal Lecter persönlich. Dabei ist es nur der Getränkelieferant vor der Haustür, der fragt, wo er die zwei Kästen Bier abstellen soll.

Ich habe auch schon so ein Bluetooth-Headset gehabt. Habe es wieder weggelassen. Wenn man viel telefoniert, ist das ganz praktisch. Einerseits. Andererseits schaut es halt a bissl blöd aus. Du hast halt immer eine Erektion an der Backe. Sozusagen einen kleinen Ständer im Gesicht. Aber es gibt schon so gesprächserigierte Typen, da passt's dann.

Unwirsch nimmt das Gespräch an.

Ja, Unwirsch! – Ah, Frau Kölbl.

Nein, ich bin noch am Flughafen. Der Flieger hat Verspätung. Rufen Sie doch bitte bei Dr. Kuhlke in Berlin an und sagen Sie, dass ich den Termin nicht halten kann. – Im Wirtschaftsministerium? – Nein. Der sitzt bei Wowi, bei *Pobereit* im Rathaus …

Ja, ich weiß schon, dass der Wowereit heißt. Das war ein Spaß, Frau Kölbl.

Nicht vor mir. Das macht der Berliner. Der Hauptstadtbewohner. Das ist der Berliner Volksmund, der Berliner hat Mutterwitz. Ich finds ja auch nicht so komisch.

(Für sich): Seitdem der Papst in München war, hat die überhaupt keinen Humor mehr.

Im Rathaus sitzt der Dr. Kuhlke. Bei uns heißt das Staatskanzlei in München, ja quasi Staatskanzlei, richtig. Ja. Sind Sie doch so lieb ja? Rufen Sie den Dr. Kuhlke an. – Im Moment 40 Minuten, aber das kann noch mehr werden. – Lufthansa. Die legen gern was drauf.

Da hätte ich gleich die Bahn nehmen können. Ja, da haben Sie recht. – Was? Der Wesendonk? Der Chef persönlich. Was will der denn? Hat er was? Ja, dann stellen Sie mal durch.

(Für sich): Ganz oben! Der Wesendonk, Firmengründer. Des muss jetzt aber wichtig sein. Normalerweise mischt der sich nicht ein. Der hat sich aus dem operativen Geschäft schon längst zurückgezogen.

Unwirsch. Herr Wesendonk! Welche Ehre! Ich hab erst neulich zu meiner Frau gesagt, wir sollten wieder mal zusammen essen gehen.

Was??? Das ist ja ein Hammer. Die Staatsanwaltschaft hat ein Ermittlungsverfahren eröffnet, wegen Korruption und Untreue? Das gibt's doch nicht. Wegen was denn? Wir haben doch nichts zu befürchten? Oder? Wie sind denn die da draufgekommen? – Ach, sind sie eh nicht? – Was schlagen Sie jetzt vor? – Nicht die Staatsanwaltschaft! Ich mein, was Sie vorschlagen? – Anwalt. Ah, versteh. Ja, ja, ja ... gut. Mach ich ... Wir telefonieren später noch mal. Ich hab eh Verspätung. Ich meld mich dann, oder melden Sie sich? Gut, machen Sie einen Call.

Beendet das Gespräch.

Ich kann mir nicht vorstellen, wie die da draufgekommen sein sollen. Das war doch alles wasserdicht. Ich glaube, wir haben da nichts zu befürchten.

Wir haben uns nichts vorzuwerfen.

Erst einmal ganz ruhig bleiben.

Jetzt keine Stockfehler machen, wie mein Bruder immer sagt, der ist Jurist beim Staat. Leitender Regierungsdirektor. Der weiß, wie man sich verhalten muss.

Staatsanwaltschaft ist aber noch mal was ganz anderes. Mei, mit so was muss man immer rechnen.

In einem Rechtsstaat ist so was ganz normal. Jetzt kommt es halt darauf an. Verschärftes Spiel! Die wollen einen Aufgedeckten spielen. Aber so einfach ist das nicht. Probieren können sie es schon. Entscheidend ist, wer am Schluss ein Bummerl kriegt.

Jetzt muss ich kurz überlegen ... was mach ich jetzt?

Trudilein! Ich muss jetzt ganz dringend Trudilein anrufen.

Nimmt das Handy und wählt. Er wirkt angenervt und geht während des Gesprächs wie ein Raubtier in seinem Käfig hin und her.

Trudilein ... zuhören! Geh mal an mein Nachtkastl. Die untere Schublade. Da ist ein blauer Schnellhefter drin. Den lässt du verschwinden.

Ja, wohin? Weg! Nicht in die Mülltonne! Nein, die durchsuchen die auch. Bring ihn zu deiner Schwester, sie soll ihn für mich aufheben. Irgendwo im Keller, wo keiner rankommt.

Trudilein, frag nicht, mach es! – Sofort!

Was heißt, du kannst jetzt nicht? – Musst du immer widersprechen? Verdammt! Waldtraut! Pack das Zeug zusammen und erledige, was ich dir sage. Es ist dringend! Die Staatsanwaltschaft kann jeden Moment vor der Tür stehen.

Was?

Sie sind schon da. – Was heißt das, sie sind schon da?

Grad gekommen?

Durchsuchen das Arbeitszimmer? – Aha. – Das ist gut. –

Nicht zusperren! Bis du wahnsinnig!

Nein, ich will nicht mit dem leitenden Staatsanwalt sprechen. Mach alles, was sie sagen, bleibe höflich, biete einen Tee an oder Kaffee, back einen Kuchen und frag, ob du behilflich sein kannst. Nerve sie mit Fragen, so wie du mich sonst immer nervst. Aber jetzt lass ihn verschwinden!

Nicht den Staatsanwalt. Trudilein! Die Unterlagen! Ja, steck ihn dir unter den Pullover!

Was? Den Staatsanwalt?

Nein! Lass dir was einfallen. Und wenn du Hilfe brauchst, ruf mich an, und falls ich grad im Flugzeug bin, dann ruf den Harald an, der hilft dir dann schon weiter. Tschüss, äh, Trudilein! Ich glaub an dich.

Beendet das Gespräch.

Pause

Unwirsch kommt nach der Pause mit Handy in der Hand zurück auf die Bühne.

Das ist jetzt komisch. Ich ruf grad bei mir daheim an und erwarte die Trudi am Telefon, und wer ist dran? Der Strohmaier. Frage ich, was machst denn du da?

Ja, sagt er etwas erschöpft, die Sache mit der Staatsanwaltschaft wäre der Trudi ziemlich an die Nerven gegangen, und da habe sie ihn um Hilfe gebeten, und da hätt er nicht anders können und wäre ihr kurz beigesprungen. Das war seine Formulierung. »Kurz beigesprungen.« Das ist aber sehr beruhigend, sage ich. So viel Mitgefühl habe ich ihm gar nicht zugetraut. So kenn ich ihn gar nicht, den Harald. Ich bin ganz froh, dass der Harald die Sache in die Hand genommen hat. Wenn man die Staatsanwaltschaft im Haus hat, dann ist das meistens nicht lustig. Aber der Harald kann mit solchen Situationen gut umgehen. Der bringt dazu die nötige Gelassenheit mit. Wenn der Harald da ist, bin ich beruhigt, weil dann hat die Geschichte gleich eine kombinierte Matrixstruktur.

Jetzt fragen Sie sich vielleicht, was das ist, eine kombinierte Matrixstruktur? Also, auf einen einfachen Nenner gebracht, bedeutet das, dass sich mehrere Chefs einen Schuldigen teilen. Den müssen wir allerdings noch ausfindig machen.

Plötzlich ein wenig ungehalten.

Scheiße. Da hat uns einer verpfiffen. Diese kommunikative Inkontinenz nimmt zu. Wer hat denn da das Maul wieder nicht halten können? Haben wir einen Whistleblower in der Firma? Solche Arschlöcher nennen wir Whistleblower in der Branche. Gibt es immer wieder, dass einer das Maul nicht halten kann. Es ist traurig. Aber das ist der Mensch. Ist normal. Leider. Die Geschichte ist voll von diesen charakterlosen Arschlöchern.

Entweder es hat sich einer blöd angestellt und falsch geschmiert oder es hat einer zu wenig gekriegt. Sei's, wie's sei. Da hat einer das Maul nicht halten können. Vielleicht die Nerven verloren. Aus welchen Gründen auch immer. Irgend so ein charakterloses Arschloch!

Zu was machen wir eigentlich unsere Ethikseminare? Da geben wir einen Haufen Geld aus im Bereich Firmenkommunikation, um unsere Leute zu schulen, da holen wir uns den Pater Bilgri ins Haus, den ehemaligen Benediktiner, damit er den Leuten eine Moral verpasst und eine Wertekultur beibringt, und dann haben wir einen Whistleblower in den eigenen Reihen. Ja gibt's das auch.

In einem Unternehmen muss man doch zusammenhalten und das Maul halten! Der Werteverfall ist nicht mehr aufzuhalten. Man kann sich auf die

Leute nicht mehr verlassen. Es gibt keine Ehrlichkeit mehr. Jeder trägt heute eine Maske. Spielt dir irgendetwas vor. Täuschung, wohin man schaut. Überall nur Taktik, Strategie und Intrige.

Zerknirscht.

Scheiße! Nein, nein, nein, ich versteh das nicht. Es muss einer von den Beteiligten gewesen sein. Einer aus dem innersten Kreis. Qualig, Wesendonk, Strohmaier oder ich!

Ich könnte es auch gewesen sein. Logisch, warum nicht? Ich habe mich schon öfter im Verdacht gehabt! Ich könnte mir sogar vorstellen, dass ich es gewesen bin. Weil ich keinen freien Willen habe. Das habe ich auch nicht gewusst, ich habe es erst kürzlich erfahren. Das haben Wissenschaftler rausgefunden, dass der Mensch keinen freien Willen hat. Ich habe es gleich überprüft bei mir und ich kann es bestätigen. Mein Wille ist absolut frei, der macht, was er will.

Der raucht eine Schachtel Zigaretten, trinkt sechs Weißbier, genauso viele Obstler dazu, der packt einen fetten Schweinebraten mit zwei Knödeln, bis der Ranzen pfeift, danach ist mir sauschlecht, ich muss raus und es kommt alles wieder, obwohl ich das gar nicht will. Ich muss mich hinlegen und werde krank. Aber da kannst du nichts machen.

Das ist der freie Wille. Der freie Wille ist eine Illusion. Das kann ich Ihnen sagen. Eine Gaukelei des stolzen Egos. Wir sind ferngesteuert. Von innen raus. In uns hockt einer drin, den wir nicht kennen, der sich auch nicht zu erkennen gibt, er stellt sich auch nicht vor, er hält sich in uns versteckt. Ein Parasit, der uns für seine Zwecke benutzt. Ein heimlicher Schmarotzer. Ein Feigling, der sich nicht zu erkennen gibt und das Ich missbraucht für seinen Willen, es aber irgendwie schafft, uns glauben zu machen, es wäre unser eigener Wille.

Man weiß nicht, wie er reingekommen ist, aber wenn ich ihn einmal erwisch, dann erlebt er sein blaues Wunder. Und dann isst er einen fetten Schweinebraten, trinkt sechs Weißbier dazu, sechs Obstler, und dann werde ich ihn fragen, wie er dazu kommt, mir vorzumachen, ich hätt einen freien Willen?

Unter diesem Aspekt könnte ich mir sogar vorstellen, dass ich es selber war. Aber das ist ein Blödsinn, ich war es nicht, der die Staatsanwaltschaft informiert hat. Vorstellen könnte ich es mir zwar schon, dass ich es war, aber dann müsste ich einen Vorteil davon haben. Und soweit ich es überblicken kann, habe ich keinen Vorteil.

Nein. Es muss einer von denen gewesen sein, die genau Bescheid gewusst haben. Staatsanwälte, die kommen doch von selber auf nichts.

Die Steuerprüfer? Nein, die haben den Vorgang

auch nicht durchschauen können. Das Zahlenwerk war absolut schlüssig und sauber. Da muss einer einen Hinweis gegeben haben, dass da eine schwarze Kasse existiert. Es muss einer aus dem Inner Circle gewesen sein.

Der Qualig! Weil der die Hosen von Anfang an voll gehabt hat. Der Bernd, ich habe gleich gesagt, den müssen wir da raushalten, so wie der psychisch gebaut ist, steht der das nicht durch. Das ist einer, bei dem es an der Grundausstattung fehlt für solche Aufgaben. Der kann nicht lügen. Und wenn er es einmal probiert, dann glaubt's ihm keiner.

Der Bernd Qualig ist eine ehrliche Haut. Das ist einer, wenn der ins Puff geht, dann ruft er vorher seine Frau an und beichtet, dass er ins Puff geht.

In der Schule, hat er uns erzählt, haben die Lehrer ihm vertraut. So einer ist das, wenn irgendwas war, was weiß ich, ein Fenster eingeworfen, und er ist gefragt worden, wer es war, dann hat er die Wahrheit sagen *müssen,* weil er nicht anders kann, das hat er uns einmal erzählt. Er kann nicht anders.

Lacht.

Armes Schwein, habe ich gesagt. Vorsicht, auf solche Charaktere können wir uns nicht einlassen, weil im entscheidenden Moment sind sie unzuverlässig. Aber auf mich hat man nicht gehört, sie haben ihn unbedingt haben wollen und haben ihn zum Leiter der Finanzabteilung gemacht. Weil sie gedacht haben, da kann man einen ganz Ehrlichen brauchen. Ein folgenschwerer Irrtum. Sie haben nicht daran gedacht, dass Ehrlichkeit auch ein Nachteil sein kann, wenn die Staatsanwaltschaft ins Haus kommt. Und ausgerechnet der Qualig muss die schwarze Kasse verwalten. Dass man ihn in diese Situation gebracht hat, das war extrem unfair. Und nicht ungefährlich. Solche Leute wie den Qualig, die haben es natürlich nicht leicht im Leben. Eigentlich sind die total ungeeignet für Führungspositionen, weil sie nicht belastbar sind. Man kann sie mit Geld eine Zeit lang einmauern. Weil Geld kann jeder brauchen. Aber eine Mauer aus Geld ist halt nicht sehr instabil. Da musst du immer was nachlegen.

Ich persönlich glaube ja, dass es der Strohmaier war, der Harald, dem traue ich es am ehesten zu. Wenn der irgendwo einen Vorteil für sich rausholen kann, dann macht er das. Strohmaier kenn ich ganz gut. Der hat mich mal reingelegt. Seitdem sind wir befreundet. Ja, mit denen, die einem gefährlich werden können, muss man befreundet sein. Das ist so im Geschäftsleben. Er hat mir Unterlagen vorenthalten ... da hätt ich blöd aus der Wäsche geschaut, im Meeting mit dem Kunden, mei, er muss auch schauen, wie er vorwärtskommt, aber ich bin ihm noch draufgekommen ... Bisher bin ich ihm immer draufgekommen! Einmal hat er versucht, uns kaltzustellen, den Qualig und mich. Schreibt der Strohmaier hinter unserem Rücken einen Brief an den Wesendonk. Er sei unzufrieden mit der Organisation des Vorstands. Er würde gern die Aufgabenfelder neu definieren, um die Arbeit im Vorstand noch effektiver zu gestalten. Momentan würde viel Energie verpuffen, die man nutzen sollte für die Firma. Er, Strohmaier, könnte sich eine leitende Position über uns, also über Qualig und mir, vorstellen. Wesendonk hat mir das Schreiben gezeigt und mich gefragt, was ich davon hielte. Ich habe gesagt: So ist er, der Strohmaier. Als ich ihn darauf angesprochen habe, hat er gegrinst und gemeint, er habe nur die Interessen der Firma im Auge gehabt.

Er murmelt und zischt:
Harald, diese hinterhältige Drecksau!

Jetzt wieder mit fester Stimme, mit einem bewundernden Unterton.

Der Harald, der Strohmaier, das ist einer, mit dem man immer rechnen muss. Das ist so einer, der Nähe sucht. Auch körperlich. Der fängt irgendwann an, dich zu umarmen. Das ist ein Umarmer. Ganz gefährlich. Und während er dich umarmt und dir auf den Rücken klopft, dann ist das wie ein Abklopfen, da ertastet er die Schwachstelle, wo er dir am besten das Messer reinrammen kann. Harald Strohmaier, das ist so ein Hagen von Tronje. Nein, schlimmer. Der Hagen, der war absolut treu und loyal gegenüber seiner Auftraggeberin, der Brunhilde. Das macht ihn sympathisch. Eben weil er seine Treue und Loyalität für die gute Sache einsetzt. Im Gegensatz zu Strohmaier, dem trau ich alles zu.

Und der Wesendonk? Obwohl ich mir ziemlich sicher bin, dass der die Klappe gehalten hat. Aber wissen kannst du es nicht.

Wahrscheinlich hat da wieder einer ein Gewissen gehabt. Auf einmal, mittendrin, hört einer plötzlich sein Gewissen. So etwas kommt vor. Jahrelang keinen Kontakt zum Gewissen, war wie abgerissen, Verbindung zum Über-Ich gestört. Anschluss stillgelegt. Als wenn es das Gewissen nie gegeben hätte, und auf einmal kann einer nicht mehr anders. Und sein Gewissen meldet sich und sagt ganz leise: Wie lang möchtest du das noch mitmachen? Für das Geld, das du dafür kriegst, verkaufst du dich da nicht unter Wert? Das sind diese eiskalten Fragen, die das Gewissen stellt. Ja, und dann kommt es aus nichtigem Anlass irgendwann zu einem Gespräch zwischen den Beteiligten, in einer Bar, alle haben schon a bissl was getrunken, und es wird gestichelt. Es sagt zum Beispiel einer: Für die Kohle, die du einstreichst, könntest du eigentlich a bissl mehr tun. Der Betreffende lacht. Aber am anderen Tag fragt er sich, warum er da gelacht hat, und merkt sich das. Er ist gekränkt, und dann fehlt nicht mehr viel, bis das Gewissen bei der Staatsanwaltschaft anruft.

Lang geht das ohne Skrupel. Da gibt es kein Problem mit den Gesetzen, das Gewissen ist ruhig, als wenn es halt nicht da wäre, Untreue, kein Problem, auch Bestechung, kein Problem, es läuft alles wie geschmiert, grade wenn es da –

Macht Geldgeste.

– gell, stimmt, ist das Gewissen nicht spürbar.

Es gibt einfach keine Moral mehr. Es fehlt an der ethischen Grundausstattung.

Neue Wirtschaftsethik

Andererseits hat sich natürlich die Wirtschaftsethik gewandelt. Die Intrige als grundlegende Kommunikation eines erfolgreichen Geschäftsmannes ist das Normale. Die Lüge, die Hinterlist, die Täuschung sind gängige Verhaltensmuster, um im Geschäftsleben erfolgreich zu sein. Die praktizierte Falschheit gibt es in allen denkbaren Variationen. Und es ist ja im Grunde genommen, von der Biologie her betrachtet, von der Evolution auch so gewollt. Alle

Geschöpfe sind aufeinander angewiesen, um sich gegenseitig zu ernähren, also in der Natur ist das gang und gäbe, wenn sich da zwei anschaun, dann ist das nicht immer Liebe oder Freundschaft, sondern einfach Hunger. Ich hab das in *Geo* gelesen, das ist wie bei der Teufelsmantis, der Gottesanbeterin, das ist so was Ähnliches wie eine Heuschrecke, ein brutales Viech. Die tarnt sich als Orchidee, und dann schwirrt so ein Insekt vorbei und denkt sich: Mei, ist die schön, fliegt voller Vertrauen in den Blumenkelch und wird gefressen.

Der erfolgreiche Mensch muss sich genauso verhalten. Er muss Vertrauen ausstrahlen, charmant und einnehmend auftreten, den andern was vorspielen, ihnen Honig ums Maul schmieren, sich in den schönsten Farben präsentieren, und wenn sich dann das Opfer in Sicherheit wiegt, gnadenlos zuschnappen. In den oberen Etagen steht eine Orchidee an der anderen.

Das ist ähnlich wie beim Skifahren, am Lift anstehen. Ein Haufen Leute, es staut sich, da ist aktives Anstehen gefragt. Da gibt's welche, die kommen vorwärts, und andere bleiben hinten. Das ist der Urzustand: Homo homini lupus. Der Mensch ist dem Menschen ein Wolf.

Unser Problem ist doch heutzutage die Beißhemmung. Wir trauen uns einfach nicht mehr, zu unserem wahren Wesen zu stehen, weil wir durch die Erziehung kulturell so weit verbildet worden sind, dass wir nicht mehr wissen, wann wir zubeißen müssen. Das hat ja schon der Nietzsche gesagt: Menschlichkeit bringt dich nicht vorwärts. Der Mensch ist ein festgestelltes Tier. Er ist also im Grund ein Tier, aber er verhält sich nicht mehr wie ein Tier, sondern wie ein mitfühlendes Wesen. Aber die tierischen Anteile lassen sich halt nicht ganz aus unserem Programm herauslöschen.

Ich hab jetzt grad so ein Buch gelesen von dem Dompteur vom Zirkus Simoneit-Barum, da ist ein Test drin, da kann man rausfinden, was für ein Tier in einem drinsteckt. Bär, Elefant, Tiger, Löwe, Leopard oder Hund. Ich mir steckt ein Tiger. Seitdem ist mir klar, dass ich mich gar nicht anders verhalten kann als wie ein Tiger. Wenn ein menschlicher Tiger angreift, tut er es blitzschnell und ohne Vorwarnung – oft sogar mit freundlichem Lächeln. Der erste Schlag muss tödlich sein. So bin ich. Ich war auch erstaunt, aber meine Devise war immer schon: Angriff ist die beste Verteidigung.

Verstehen Sie mich jetzt bitte nicht falsch. Ich bin kein Unmensch, von mir kann wirklich jeder alles haben, aber im Geschäftsleben herrschen einfach eigene Gesetzmäßigkeiten. Und wer gegen diese Gesetzmäßigkeiten verstößt, der steht auf verlorenem Posten.

Wissen Sie, was ich gerade gedacht habe? Die

beste Maske ist immer noch das eigene Gesicht. (Ich glaube, das hat Peter von Matt in seinem herausragenden Werk »Die Intrige« gesagt.)

Traumjob

Ich weiß wirklich, wovon ich rede, weil ich ein durch und durch ehrlicher Mensch bin. Anders ging es gar nicht. In meinem Beruf. Ich bin Berater. Und zwar mit Leib und Seele. Ohne Vertrauen kommen Sie da nicht weit. Ich hätte auch das englische Wort Consulter wählen können.

Aber ich habe bewusst das deutsche Wort gewählt. Ich bin gern Berater.

Wissen Sie, was das Geheimnis des erfolgreichen Beraters ist? Sie müssen ein genialer Vereinfacher sein. Das Einfachste, was Sie einem Unternehmer sagen können, ist: »Sie wenden zu viel Geld auf. Der Aufwand steht in keinem Verhältnis zum Ergebnis.« Und dann entwickeln Sie eine Story – eine Geschichte. Die Sie in einer PowerPoint-Präsentation darstellen. Bunt und einfach mit übersichtlichen Grafiken und drei BulletPoints – nicht mehr! Und dann sagen Sie ganz ruhig, so als würde es Ihnen grade einfallen: »Innovation entsteht immer an den Schnittstellen, zwischen den Sektoren.« Und dann schauen Sie dem CEO, dem Chief Executive Officer, tief in die Augen und machen ein sorgenvolles Gesicht. Was hier fehlt, sagen Sie mit abgesenkter Stimme, ist »lösungsorientierte Tiefenschärfe«. Und dann wird er ebenso besorgt fragen: Wie kriegen wir denn die hin? Und Sie werden antworten: »Detailkenntnisse, Sachkunde und fundiertes Wissen über die einzelnen Abläufe.« Und wenn er Sie dann ins Unternehmen lässt, und das wird er, haben Sie die Erlaubnis – nein den Auftrag – zur Firmenspionage, dann sollen Sie alles erfahren, dann können Ihre Schnüffler, sorry, Ihr vertrauenswürdiges Beraterteam, die Firma bis auf das Skelett durchleuchten. Alles auseinandernehmen. Sie sprechen selbstverständlich nicht von Durchleuchten, Sie nennen diesen Vorgang »strategische Kommunikation«. Und wenn Sie alles wissen über den Laden und sicher sind, dass Sie dem Unternehmer glaubhaft versichern können, dass es ohne Ihre Tätigkeit überhaupt nicht weitergeht mit seinem Unternehmen, dann sagen Sie ihm, dass Sie glauben, mit »Cost-Cutting« eine »Performance-Optimierung« hinkriegen zu können, und dann murmeln Sie noch etwas von »Knowledge-Frameworks« .Und die »Implementierung der Ergebnisse« müsse unbedingt von jemandem aus dem »Lenkungskreis« überwacht werden, denn die Erfahrung belege, dass, wenn dies nicht geschehe, die Ergebnisse oft verpufften.

Als guter Berater muss man immer davon ausgehen, dass der Kunde am Anfang nie so genau weiß, was er will. Das ungenaue Verständnis ist die Basis der Beratung. Also besteht die Aufgabe des Beraters darin, dem Kunden sein Unverständnis bewusst zu machen. Aber das Problem dabei ist, keiner hört gern, dass er blöd ist. Man muss es ihm so beibringen, dass er es nicht merkt.

Ich will Ihnen ein Geheimnis verraten. Der perfekte Berater generiert beim Kunden ein ungenaues Verständnis über die Abläufe in seiner Firma und dann verspricht er, dem Unternehmer zu helfen, das Stadium seines Unverständnisses, seiner Verständnislosigkeit, zu verlassen. Ganz einfach gesagt: Er redet ihn schwindlig und macht ihm auf freundliche Art und Weise klar, dass er keine Ahnung hat. Die Schwierigkeit besteht darin, ihn nicht spüren zu lassen, dass er keine Ahnung hat. Ein Berater muss einem Menschen, der sich für klug hält, klarmachen können, dass er noch klüger ist, indem er ihm erklärt, dass seine Klugheit noch optimiert werden kann.

Aber ich spüre schon eine gewisse Skepsis bei Ihnen. Ich kann es Ihnen gar nicht übel nehmen. Nein, Sie reagieren normal. Ich bin genauso wie Sie. Überlegen Sie doch mal, einzelne schwarze Schafe – Peter Hartz ist doch kein Einzelfall! – gibt es überall, auch bei uns, freilich, es menschelt, zugegeben, es sind doch einige unschöne Sachen passiert. Nicht nur in der Vergangenheit, auch in der Gegenwart. Die Neustrukturierung der Bundesanstalt für Arbeit, der Umbau in eine Jobagentur, um nur ein besonders krasses Beispiel zu nennen, also das will ich gerne einräumen, da sind schon ein paar Schnitzer gemacht worden. Da hätte man schon noch ein bisschen mehr rausholen können. Shit happens. Ich meine, wir sind da leider nicht zum Zug gekommen. Da hat der Roland Berger den Auftrag bekommen und richtig abgegriffen. Aber auch hier kann man gut sehen, der persönliche Kontakt mit Gerd Schröder war ausschlaggebend. Das war ein Riesengeschäft! Millionen sind da geflossen. Die haben die Bundesjobagentur zum Unternehmen umgebaut. Ein glänzendes Konzept. Die Arbeitslosen werden auf dem freien Markt zum Verkauf angeboten. Die Arbeitskraft ist auch nur eine Ware, die man meistbietend unter die Leute bringen kann. Wenn man es realistisch sieht, dann ist es so. Letztes Jahr haben sie mit der Bundesagentur elf Milliarden Überschuss gemacht. Quasi Gewinn. Arbeitslose sind ein Geschäft! Die sollten mit den Arbeitslosen an die Börse gehen. Wenn man überlegt, wie viel Kapital in diesen Millionen von Arbeitslosen steckt. Wenn die alle Arbeit haben, dann macht das bei angenommen drei Millionen Arbeitslosen, von denen jeder im Schnitt sagen wir 40 000 Euro im Jahr verdient – dann ist die Bundesjobagentur 120 Milliarden an der Börse wert. Das sind Summen, an die man denken sollte, wenn man die Marktkapitalisierung von Arbeitslosen ins Auge fasst. Das wäre ein Konzept! Wenn man mit den Arbeitslosen an der Börse spekulieren würde ... das sollte man durchdenken!

Und einige von Ihnen denken jetzt vielleicht auch, mein Gott, schon wieder so ein aufgeblasenes Arschloch, das sein Geld nicht wert ist. Das ist nicht schön, wenn Sie solche Gedanken haben, aber ehrlich gesagt, ich kann es Ihnen nicht verdenken. Es stimmt: Die Beraterbranche hat insgesamt nicht den besten Ruf. Dazu hat sie selbst mit einigen unschönen Vorfällen beigetragen, und die lieben Kollegen von der Presse haben darüber hinaus nichts unversucht gelassen, uns in Misskredit zu bringen. Nun, das ist Deutschland. Leider.

Selbstverständlich haben Sie ein ganz verzerrtes Bild von diesem Berufsfeld. Von Roland Berger haben Sie gehört? Logisch, der hat die Bundesregierung beraten. Der hat mit Gerd Schröder schon die eine oder andere Zigarre geraucht und viel Nebel hinterlassen.

Aber sagt Ihnen Boston Consulting etwas? Nein? McKinsey ist Ihnen aber ein Begriff? Das sind die bekanntesten. Aber es gibt noch viele andere, die ähnlich erfolgreich arbeiten. Es wird viel übertrieben. Lassen Sie sich nicht irre machen. Freilich gibt es auch Schlawiner und Gauner. Mei, schon, gell. Wo gibt's die nicht? Und von anderen – haben Sie noch nicht so viel gehört? Gar nichts? Da kann man nur gratulieren. Nicht Ihnen – den Firmen, da scheint nicht viel darüber berichtet worden zu sein. Deloitte Consulting, Booz Allen Hamilton, Mercer Consulting, A. T. Kearney, um nur einige der größten Konkurrenten zu nennen, die uns das Leben schwermachen.

Wir sind ja mit unserer Firma noch nicht im ganz großen Business, aber auf dem Sprung dahin. Zurzeit beraten wir die Bundesregierung in Fragen der Gender-Relevanz beim Erziehungsgeld ...

Gender-Mainstreaming

Die Genderthematik ist ja absolut im Trend. Gender – sagt Ihnen was, oder? Gender, kommt aus dem Englischen, *gender*, das Geschlecht. Die gesellschaftlichen Entwicklungen müssen immer unter der Berücksichtigung des Verhältnisses von Mann und Frau untersucht werden. Vielleicht haben Sie von der Geschichte in Jützenbach gehört? Die kleine Gemeinde Jützenbach liegt in Thüringen, einem Bundesland, in dem schon immer die deutsche Romantik ihre stärksten Prägungen hinterlassen hat und wo die schönsten Märchen und Sagen erzählt werden. Das Märchen vom Rübezahl kommt aus Thüringen. Diese Regierung von Thüringen, wo der Herr Althaus mit seinen Entscheidungen das Volk bei Laune hält, verwendet die Gelder aus dem Solidarpakt zu 70 Prozent nicht korrekt. Damit Sie sehen, dass das Geld nicht sinnlos verpulvert wurde, geb ich Ihnen mal ein Beispiel:

In Jützenbach wurde ein Gender-Mainstreaming durchgeführt. Aha, Gender-Mainstreaming, fragen Sie sich jetzt, hab ich schon mal gehört, was ist das? Das ist eine Art TÜV. Es ist eine Untersuchung, die unter besonderer Berücksichtigung der Geschlechterbeziehungen (beispielsweise bei der Dorfentwicklung in Jützenbach) durchgeführt wird. Das Landwirtschaftsministerium in Thüringen wollte das wissen und hat einen Dr. Peter Lachmann für 15 000 Euro beauftragt, in Jützenbach ein Gender-Mainstreaming zu erstellen. Jetzt hat der sich an die Arbeit gemacht und Gender-Relevanz, Gender-Kompetenz, Gender-Defizite und Gender-Nonkonformität geprüft. Also, das muss ich sagen, der Kollege, alle Achtung, ist da ziemlich systematisch vorgegangen, das merkt man, dass der was von Systematik versteht. Schon wie er den Auftrag bekommen hat, da kann ich nur sagen, ein Profi, der muss denen im Ministerium eine PowerPoint-Präsentation an die Wand geworfen haben, dass die kurz vorm Einsturz war. Er hat geschrieben: »Ziel ist, die bisherige Umsetzung des Gender-Mainstreaming-Leitprinzips von top-down auf bottom-up zu verlagern.« Das ist süffig formuliert. Das hat die Beamten in Thüringen wahrscheinlich überzeugt. Die haben sich gesagt, Rübezahl ist so lange her, jetzt kommt Lachmann (der heißt wirklich so).

Das heißt also, die Gleichheit der Geschlechter soll nicht von oben nach unten, sondern von unten nach oben entwickelt werden. Ich kann mir vorstellen, dass die Jützenbacher da wirklich gejubelt haben.

Im Kindergarten hat der Lachmann die Gleichstellung der Geschlechter untersucht und festgestellt, dass Jungen und Mädchen gleichberechtigt betreut werden von weiblichen Erzieherinnen. Männliche Erzieher wurden nicht festgestellt. Da hat er wirklich eine neue Erkenntnis zutage gefördert. Die haben das in Jützenbach so eindeutig noch nicht erfahren. Die waren von den Socken. Keine männlichen Erzieher im Kindergarten! Da war die Überaschung groß.

Und dann stellt der Doktor Lachmann fest: »Dorfgemeinschaftshaus und Kindertagesstätte verfügen über eine geschlechtsspezifische Relevanz!« Aha. Da werden die Jützenbacher aber geschaut haben. Ich nehme an, dass die Jützenbacher diesen Tiefschlag bis heute noch nicht verdaut haben.

Das Bauvorhaben einer Trauerhalle hat er auch unter dem Gender-Mainstreaming-Leitprinzip unter Top-down- und Bottom-up-Perspektive untersucht und festgestellt, dass Trauer in Jützenbach geschlechtsspezifisch nicht von ausschlaggebender Relevanz ist. Und seine Studie gipfelt in der Erkenntnis, dass es bei der Feuerwehr Jützenbach ein Gender-Defizit gibt. Bei der Feuerwehr hat er keine Frau gefunden. Weder top-down noch bottom-up. Also, gendermäßig brennt es in Jützenbach an allen Ecken und Enden.

Nun, nicht überall können Berater so erfolgreich arbeiten wie in Jützenbach, weil nicht überall in diesem Land die Herausforderungen so schwierig zu meistern sind wie in Thüringen.

Aber an diesem Beispiel können Sie ermessen, wie erfolgreich Consulter arbeiten.

Das Bild, das die Branche in der Öffentlichkeit abgibt, basiert zu einem Großteil auf Unwissenheit und Missverständnissen. Da wird viel verzerrt.

Ich will gar nicht bestreiten, dass es auch Ganoven gibt unter uns. Aber ich bitte Sie, wo gibt es die nicht?

Telefonat mit der Frau Kölbl

Hallo, Frau Kölbl. Ich bin's noch mal. Wollte mich nur kurz melden. Ich bin immer noch am Flughafen. Ich weiß nicht, woran es liegt. –

Terrorismus? Meinen Sie? – Frau Kölbl, seit wann interessieren Sie sich für Religion? – Bin Laden?

Aber Frau Kölbl! Werden Sie nicht hysterisch. Malen Sie doch nicht gleich den Weltuntergang an die Wand. Der Bin Laden, das habe ich neulich erst gelesen, dass der im Grunde genommen ein Agent der Amerikaner wäre und irgendwo in Kalifornien an einem Pool liegt, und die Videos, die sie bei dem arabischen Sender immer zeigen, das ist er gar nicht. Das ist ein Schauspieler aus Hollywood. – Frau Kölbl, ich mach keinen Spaß. – Was steht in der Bibel?

»Wahrlich, wahrlich ich sage euch, es wird einer kommen, der euch sagt, was ihr seht.« Ja, Frau Kölbl, das kenn ich, aber der Bin Laden ist es nicht. Der kann es nicht sein, weil der gar nicht katholisch ist. Wenn es stimmen soll, was in der Bibel steht, muss er katholisch sein.

Und wer soll das Ihrer Meinung sein? – Der Sigmar Gabriel von der SPD? Der Umweltminister?

Der ist höchstens ein falscher Prophet, und dazu langt es auch nicht bei ihm. Haben Sie das mitbekommen? Er fährt mit dem Zug, um seine Umweltkompetenz unter Beweis zu stellen, und lässt seinen Dienstwagen auf der Straße nebenherfahren.

Zum Publikum:
Ich weiß nicht, was mit der Kölbl los ist, aber seitdem wir einen deutschen Papst haben, driftet die in die

Metaphysik ab. Ich wette, die geht wieder in die Kirche. Die war, glaube ich, auf einer Klosterschule.

Ob ich was gelesen habe? Die Johannesapokalypse? Frau Kölbl, aber selbstverständlich habe ich die gelesen. Ich habe doch ministriert. Wäre doch beinahe Pfarrer geworden. Das wissen Sie doch. Wenn Sie wollen, nehme ich Ihnen die Beichte ab. – Wie? Ach, da finden wir schon was, Frau Kölbl. Sünden sind das kleinste Problem. Da mache ich Ihnen ein faires Angebot. Was sagen Sie? – Was meinen Sie? Woran könnte es liegen, dass der Flug verspätet ist? –

Ja, das stimmt. Daran könnte es auch liegen, das stimmt, wenn der bayerische Ministerpräsident wieder mal am Hauptbahnhof eingecheckt hat. –

Wie? Frau Kölbl, was haben Sie denn immer mit einem Terroranschlag? Haben Sie denn etwas Konkretes über einen Anschlag gehört? –

Im Irak!? Aber das ist doch normal, deswegen hat doch in München kein Flieger Verspätung. Na ja, Terrorismus ist heute immer ein bisschen mit im Spiel. Heutzutage muss man immer mit einem Anschlag rechnen. Da haben Sie recht. Terrorismus ist heute normal. Sicherheit gibt es nicht mehr. Man fühlt sich ständig bedroht. –

Aber doch nicht von Ihnen, Frau Kölbl. – Ich mein das allgemein ...

– Sie müssen weiterarbeiten? Kölbl, reden Sie

noch ein bissl mit mir, mir ist grad furchtbar langweilig. Erzählen Sie mir doch, was Sie heute drunter tragen? – Aber Sabine, warum sind Sie denn so abweisend zu mir, Unterwäsche ist wichtig. Man muss immer wissen, wie es drunter aussieht.

Kölbl hat aufgelegt.

Jetzt ist sie sauer, die Sabine. Sagt, das wäre eine Diskriminierung und sexuelle Belästigung am Arbeitsplatz. Des stimmt schon mal gleich gar nicht, weil ich am Flughafen bin. Die hat aber auch gar keinen Humor mehr. Eine lockere Bemerkung über Unterwäsche kann doch keine Diskriminierung sein. Was ist das bloß für ein Land, in dem wir leben? Das hat Rot-Grün aus Deutschland gemacht. Jeder kommt gleich mit dem Antidiskriminierungsgesetz daher, wenn man mal einen kleinen Spaß auf seine Kosten macht. Da haben sich die rotgehennaten Frauenrechtlerinnen bei der SPD durchgesetzt.

Hält plötzlich inne. Ein Gedanke schießt Unwirsch durch den Kopf.

Die Kölbl könnte bei der Staatsanwaltschaft angerufen haben. Dass ich da nicht gleich dran gedacht hab. Die Kölbl! Die ist aufgrund ihrer wiedergewonnenen Religiosität das Opfer eines Gewissensanfalls geworden. Durchaus möglich. Es gibt so was. Eine Art Epilepsie im ethischen Zentrum, im Über-Ich.

Kann aber sein, dass es das Über-Ich als Instanz gar nicht mehr gibt. Wahrscheinlich längst überholt. In der Psychologie hat es ja auch einige Upgrades gegeben. Aber wenn jemand sich solche Upgrades downloadet, dann die Kölbl. Die hat nichts ausgelassen. Encountergruppen, Urschrei, Hypnose-Pendeln, seelisches Fasten, nackt denken, rückwärts einparken, die Kölbl war immer dabei, wenn etwas Neues im esoterischen Raum angeboten wurde.

Eigentlich nur logisch. Katholische Kindheit. Das ist eine gute Grundlage für alles, was da noch kommen soll. Wer in der Kindheit katholisch zugerichtet wurde, der hat gute Voraussetzungen. Katholizismus als seelische Grundformatierung ist ideal. Da kann man dann alles draufkopieren. Indien sowieso. Die war im Ashram.

Fragt die mich doch neulich: Warum machen Sie das eigentlich? Wie können Sie das mit Ihrem Gewissen vereinbaren? Da werden aufgrund Ihrer Analysen 2000 Menschen entlassen, die stehen auf der Straße, rutschen in die Arbeitslosigkeit. Haben Sie da kein schlechtes Gewissen? Das ist doch unmoralisch, was Sie da machen.

Ich hab nur geantwortet: Wenn ich es nicht mache, dann macht's ein anderer. Und dann wär's unter Umständen noch schlimmer.

Das ist doch zynisch!, sagt sie, und: Wenn allerdings jeder sagen würde: gut, dann soll's ein anderer machen, dann würde es keiner machen.

Sage ich: Kommen Sie mir bloß nicht mit der Logik! Dann hätten wir den totalen Stillstand. Dann ginge in diesem Land nichts mehr vorwärts. Einer muss schließlich die Verantwortung übernehmen, und das bin halt in dem Fall ich. Außerdem muss ich auch an meine Leute denken, mit jedem Auftrag ist auch das Gehalt von Ihnen, Frau Kölbl, gesichert.

Was meinen Sie, was mir die Kölbl erzählen würde, wenn ich zu einem Auftrag Nein sagen und dadurch ihren Arbeitsplatz gefährden würde? Die würde sich schön bedanken. Die findet doch in ihrem Alter, die ist jetzt auch schon 36, keinen neuen Arbeitsplatz mehr. Der würde nur noch Hartz IV bleiben. Die würde glatt in die Armut abrutschen.

Armut

In der Abteilung Armut hat diese Regierung große Fortschritte gemacht. Kurt Beck, der Mann mit dem Blick für die Unterschicht, hat als Erster das Prekariat entdeckt. Er war selber ganz überrascht, dass es so viel Armut in Deutschland gibt. Dabei hätte er nur mal in den Armutsbericht reinschauen müssen, den seinerzeit der große Vorsitzende der SPD Gerhard Schröder in Auftrag gegeben hat.

Claudia Roth hat gleich dagegengehalten und gemeint, dass durch die Zusammenlegung von Arbeitslosen und Sozialhilfeempfängern zu einer großen Armendatei vielen Menschen ein Stück Würde zurückgegeben wurde. Die Armen waren begeistert, endlich hat jemand das existenzielle Problem ihrer Situation auf den Punkt gebracht. So was kann nur Claudia Roth. Ich kenn niemand, der sich schöner empören kann als sie.

Mit der neuen Sozialgesetzgebung ist es gelungen, eine ganz andere Qualität von Armut auf einem neuen Niveau zu schaffen. Wer seine Arbeit verliert, warum auch immer, der verliert nach zwölf Monaten – wer über 55 ist, nach 18 Monaten – seinen Lohnersatzanspruch aus der Arbeitslosenversicherung und wird finanziell den Sozialhilfeempfängern gleichgestellt. Er bekommt 345 Euro im Monat plus Heizkostenzuschuss und Mietzuschuss. Das entspricht dem staatlich definierten Existenzminimum! Der Staat weiß, wie viel einer zum Leben braucht. Aber diese 345 Euro bekommt der arbeitsfähige Erwerbslose, bzw. der erwerbsfähige Arbeitslose, wenn Bedürftigkeit vorliegt. Bedürftigkeit liegt vor, wenn Rücklagen aufgebraucht sind und ein Lebenspartner nicht greifbar ist. Dass diese Regelung verabschiedet werden konnte, zusammen mit der SPD, ist kein Erfolg dieser großen Koalition, nein, das ist ein Erfolg der rot-grünen Koalition, die damit den Sozialstaat zukunftssicher gemacht hat. Kann man nachvollziehen, weil Schröder und Fischer immer wieder auf neue Lebenspartner zurückgreifen konnten.

Es halten immer mehr die Hand auf! Nicht nur im Vorstand bei Siemens, sondern auch auf der Straße. Ist unangenehm. So ein Bettler ist kein schöner Anblick, der stört das Gesamtbild. Einerseits Aufschwung, der Dax erreicht einen Höchststand nach dem anderen, und andererseits wird man mit dem täglichen Elend auf der Straße konfrontiert. Das versaut einem doch den ganzen Tag.

Peter Struck hat gesagt: »Das Menschenbild, das wir hatten, war vielleicht zu positiv. Es war zu optimistisch, anzunehmen, dass Menschen das System nur in Anspruch nehmen, wenn sie es wirklich brauchen.« Und da denken Sie, Struck, das ist ein Sozi, der muss es wissen, der kennt sich da aus.

Unsere genialen Sozialpolitiker haben nämlich Sozialmissbrauch festgestellt. Die Bundesanstalt für Arbeit hat bei 60 000 Fällen Leistungsmissbrauch in Zusammenhang mit Hartz IV entdeckt.

Rund 30 000 Millionen Euro wurden zu viel ausbezahlt.

Und deshalb fordern sie schärfere Kontrollen, weil die Arbeitslosen zu viel Geld vom Staat bekommen – und wir haben immer gedacht, die brauchen das Geld, weil sie arbeitslos sind. Ganz falsch. Sie sind arbeitslos, weil sie zu viel Geld aus Nürnberg bekommen!

Zum Vergleich: Die Fehlverwendung der Gelder aus dem Solidarpakt 2 beläuft sich auf 3,7 Milliarden. Diese Fälle von Sozialbetrug sind sogar namentlich bekannt: Die Herrn heißen Wowereit, Althaus ... und laufen nach wie vor frei rum. Die gehören zu denjenigen, die das Maul aufreißen, wenn es um Sozialmissbrauch geht. Wer kontrolliert die eigentlich?

Wie hat der Volker Kauder von der CDU gesagt: Es gibt in Teilen der Bevölkerung bereits Verwahrlosung. Ja, vor allem beim Führungspersonal!

Vor der Verwahrlosung kann ich nur warnen. Ich habe mit der Kölbl über diese Problematik gesprochen. Sie sagt, sie versteht vieles nicht. Es sei ihr alles zu kompliziert. Und da muss ich ihr recht geben. Die Politik ist ja nun wirklich sehr kompliziert geworden. Denken Sie an die Gesundheitsreform. Wer kann die erklären? Die Gesundheitsreform versteht kein Mensch. Nicht einmal die, die sie ausgeheckt haben. Die haben auch die Schnauze voll davon. Die Welt ist zu kompliziert geworden. Die Menschen sind verunsichert. Auf nichts ist mehr Verlass! Arbeitsplatz sowieso nicht. Lange glaubten viele, mit einer guten Bildung wären sie für die Zukunft gewappnet. Abitur, Hochschulabschluss, Karriere, gehobener

Lebensstandard, gutes Einkommen, ein Leben lang, Haus, Auto, Urlaub. Stimmt nicht mehr. Stattdessen ist immer alles zu wenig. Fremdsprachenkenntnisse, ja schon, aber Englisch ist zu wenig. Besser drei Sprachen fließend. Auslandsaufenthalt, sowieso. Doppelstudium? Gern. Mobilität! Selbstverständlich. »Heute hier, morgen dort, bin kaum da, muss ich fort!« Nichts ist mehr von Dauer. Das Leben war das sowieso nie, aber zumindest im Beruf hatte man ein Fortkommen in Aussicht.

Die Aussichten sind düster! Aber wenn einer unbedingt eine Aussicht haben will, dann kann er ja mal schauen, wo er bleibt.

Es ist alles haltlos geworden, weil nichts mehr hält. Ewig hat ohnehin noch nie etwas gehalten, und schon gar nicht die Liebe. Aber seitdem sich alles immer früher auflöst, nimmt die Unsicherheit zu. Ehe und Familie lösen sich immer weiter auf. Man lebt heute nur noch ganz selten in einer Familie, man lebt heute in Lebensgemeinschaften. Selbst die CSU, bei der die Familie einen festen Wert hatte, löst sich von ihr und denkt über »neue Lebensformen« nach. Das Alter war auch immer ein fester Wert. Jeder wusste, wann es anfängt und wann es aufhört. Hatte eine Ahnung davon, wie es ist. Auch da stimmt es nicht mehr. Die Alten wurden eine Zeit lang immer jünger. Frührente, Vorruhestand, Altersteilzeit. Seitdem einige Mathematiker das »Langlebigkeitsrisiko« entdeckt haben, weil die Alten immer älter werden und somit länger jung sind, fragen sich viele: Das Alter? Gibt es das überhaupt noch? Oder handelt es sich bei dieser Lebensspanne um die ganz späte Jugend?

Die Rente war immer sicher, und seit einiger Zeit dämmert es auch dem Letzten, dass bei der Rente nur sicher ist, dass sie nicht sicher ist.

Selbst in Bayern nagt der Zahn der Zeit an der Macht der CSU. Aber er nagt schon lange. Und wird noch lange nagen müssen in Bayern, bis es irgendwann so weit sein wird. Vielleicht sollte die Zeit noch einen Zahn zulegen und mit mehreren Zähnen zu Werke gehen, denn der eine wird nicht ausreichen in Bayern, fürchte ich. Früher oder später wird es so weit sein. Und wenn es dann die SPD noch gibt ... Auch da können wir nicht sicher sein. Bei dieser Partei löst sich auch vieles auf. Sogar der Vatikan scheint infiziert. Der Papst hat die Vorhölle abgeschafft! Mein Gott, habe ich gedacht. Mir ist der Schreck in die Glieder gefahren. Ich habe gleich ein »Gegrüßt seist Du, Maria« nach ganz oben geschickt. Und bekam wie immer keine Empfangsbestätigung. Die Hölle bleibt. Der Himmel auch, aber die Vorhölle hat Benedikt einfach abgeschafft. Was wird aus denen, die dort ein Zuhause gefunden hatten? Warum, fragen viele Gläubige, wird ein bewährter Raum einfach geschlossen? Wir können nur Vermutungen anstellen. Vielleicht wird auch im Jenseits rationalisert? Cost-Cutting gibt's überall. Wir wissen es nicht. Der Papst weiß es möglicherweise auch nicht. Er ist ja auch nur ein leitender Angestellter des Herrn, der weisungsgebunden handeln muss.

Alles kommt ins Rutschen. Ewiger Fels bröckelt und kommt irgendwann unten an im Tal. Ist nicht vor Kurzem an der Eigernordwand ein ganzer Berg ins Rutschen gekommen? Nichts ist mehr sicher. Die Instabilitäten nehmen zu. Nicht nur in der Natur, auch in Gesellschaft und Staat. Die sozialstaatlichen Muren donnern mit Getöse in die medialen Spalten, und wenn sich der Staub ein wenig gelichtet hat, wird der Blick frei auf eine unsichere Zukunft. Und Angst steigt auf aus den Tiefen der geplagten Seelen. (Wenn ich so weiterformuliere, muss ich aufpassen, dass mich nicht die *Zeit* engagiert für ihren nächsten Leitartikel.) Die Leute haben Angst vor der Zukunft. Die Kölbl hat mir gestanden, dass sie Angst hat. Auch wegen des Klimawandels (endlich mal ein schöner Genitiv!). Mein Gott, wie elegant das klingt! Das Wort Klimakatastrophe löst dagegen keine so guten Vibrations aus. Viele müssen dabei gleich an den Weltuntergang denken. Die Kölbl ist anfällig für solche Stimmungen. Sie hat mir die *Bild*-Zeitung hingehalten. Mit einem vorwurfsvollen »Bitte« und »Da!« angefügt. Mit weit aufgerissenen Augen, und entsetzt geflüstert: Da, lesen Sie, Herr Unwirsch!

»In 13 Jahren geht die Welt unter!«, stand da in großen Buchstaben. Ich habe gesagt: Hoffentlich im Sommer, dann können wir den Weltuntergang auf der Terrasse genießen in der raucherfreien Zone.

Daraufhin hat sie mich abfällig von oben bis unten gemustert und mir die Zeitung aus der Hand gerissen. Und fragt mich apokalyptisch in jeder Hinsicht: Müssen Sie denn immer mit dem Flugzeug reisen? Das schade nur der Atmosphäre. Ja, habe ich ruhig geantwortet. Ich sehe das entspannter, habe ich gesagt. Man sollte das Bonusmeilensystem für den Klimaschutz nutzen. Wer viel fliegt, sammelt Meilen, und für den Gegenwert bekommt er keine exklusiven Koffer, Sonnenbrillen oder sonstigen Quatsch, sondern er verzichtet darauf zugunsten des Klimas. Das Geld überweisen die Fluggesellschaften an einen Klimaschutzfonds. Der selbstverständlich noch eingerichtet werden muss. Das können beispielsweise die Grünen federführend initiieren. Wer viel fliegt, tut auch viel für den Umweltschutz. Das ist ein Konzept, das alle Seiten frohlocken lässt. Bonusmeilen für die Umwelt, und alle sind befriedigt. Es gibt immer Modelle, die alle Seiten zufriedenstellen.

Wissen Sie, was ich gerade gedacht habe? – Diese Klimakatastrophe ist gut gemacht. Ich finde, dass die Qualität stimmt. Also, medial, meine ich. Verstehen Sie mich richtig, gell. Ich finde die Aufbereitung großartig. Die Darstellung der Katastrophe, das Bildmaterial, die Grafiken, die Szenarien, die Prognosen.

Was ich ganz gern anschaue, sind diese Simulationen, die Computeranimationen. Wenn sich der Meeresspiegel um zehn Meter weltweit hebt, was da gleich alles im Wasser absäuft. Holland ist komplett weg. Vom Harz bleiben nur ein paar Inseln. Der Brocken wird eine Hallig. Es gibt sogar Prognosen, dass Köln einen Nordseehafen kriegt. Die zwei Türme des Kölner Doms werden zwei Bojen für die Schifffahrt. Da kann die Kirche dann Orientierung geben. Also, wirtschaftlich steckt in der Erderwärmung ein Riesenpotenzial.

In den Medien, die begleitenden Bilder zum Weltuntergang, da kann man nicht meckern, Kompliment, das machen Profis, ich weiß nicht, welche Agentur dieses Thema in die Medien gebracht hat, auf jeden Fall ein voller Erfolg. Und dann hatten sie das Glück, dass sich die Natur genau so verhält wie vorhergesagt.

Für die Atomlobby ist die Klimakatastrophe ein Segen. So positiv sind sie schon lange nicht mehr mit ihren Atomkraftwerken aufgefallen. Die Kernkraftwerke als Klimaretter! Neue Atomkraftwerke werden zwar noch nicht gebaut, aber sie sind wieder im Gespräch als umweltfreundlich. Die Endlagerfrage ist zwar nach wie vor ungelöst, aber es ist weitgehend gelungen, nicht darüber zu reden. Also, für die deutsche Atomindustrie könnte es nicht besser laufen.

Auch für die Autoindustrie. Die haben ja richtig darauf gewartet. Die können jetzt endlich ihre sparsamen Autos bauen. In Brasilien, da fahren sie mit Ethanol. Die schütten den Caipirinha in den Tank und fahren damit.

Die bayerischen Brauereien haben das mitbekommen und sich davon anregen lassen. Sie träumen davon, dass man bei uns mit Starkbier fahren kann. Gut, es fahren ja schon welche mit Starkbier, aber das ist nicht ganz ungefährlich.

Und ich habe gelesen, dass es einen neuartigen Brennstoff gibt, dem wird Harnsäure zugesetzt, weil man herausgefunden hat, dass damit der CO_2-Ausstoß vermindert werden kann. Das sind doch schöne Aussichten. Wir schütten oben das Bier rein und gehen an den Tank und pieseln rein, mit unseren individuellen Einfüllstutzen. Ideal!

Und dann kommen die nachwachsenden Energien. Die Biokraftstoffe. Haben Sie das schon mitgekriegt? Da kommen herrliche Zeiten auf uns zu, wenn die fossilen Brennstoffe mal zu Ende gegangen sein werden. Da kommt der Flüssigkraftstoff, der aus Tierkadavern hergestellt wird! Wenn wir beim Essen sind und was am Teller übrig bleibt, können wir uns dann die Reste vom Essen einpacken lassen, rein in den Tank damit und wir können mit dem Schnitzel heimfahren.

Vielleicht kommt sogar jemand auf die Idee, dass wir auch aus menschlichen Überresten, gell, Energie gewinnen. Vermutlich wird es ethische Bedenken geben. Die katholische Kirche wird sagen, dass das mit der Auferstehung nicht vereinbar ist. Kardinal Lehmann wird das erzbischöfliche Haupt recken und ablehnen. Sicherlich müssen dabei auch ethische Gesichtspunkte debattiert werden, aber darüber nachdenken wird man müssen. Es wird ja schon drüber nachgedacht, über die Selbstoptimierung des Menschen. Das heißt, der Mensch macht sich zum Wichtigsten, was es gibt: zum nachwachsenden Rohstoff. Die Kirchen sollten sich darauf einstellen. Neue Bestattungsrituale entwickeln. Neben der Erd-, Feuer- und Seebestattung wird es eben dann auch eine Tankbestattung geben. Wir packen dann nicht den Tiger in den Tank, sondern die Oma. Und die ganze Familie hat etwas davon, wenn sie mit der Oma im Tank unterwegs sein kann.

In England wollen Wissenschaftler menschliches Erbgut in die Eizellen von Kühen einpflanzen. Der Brite ist experimentierfreudig, gell. Was kommt da raus? Ein Embryo mit Kuhhörnern. Aber sie wollen ihn ja nicht heranwachsen lassen, diesen Embryo. Dieses Mischwesen. Das Mischwesen entspricht zu

99,9 Prozent einem hundertprozentigen Menschen. Haben sie gesagt. Gut.

Und so groß kann der Unterschied zwischen einem hundertprozentigen Rindvieh und einem Menschen auch nicht sein. Dazu hätten sie die Genforschung nicht gebraucht. Da hätte ein Blick in die Parlamente genügt. Oder in die Parteienlandschaft! Da haben einige Parteien jetzt 30 Jahre gebraucht, bis sie gemerkt haben, dass wir Probleme mit dem Klima haben. Vielleicht hat man es den Politikern vorenthalten, um sie nicht zu beunruhigen. Also, angesichts der Jahrmilliarden, die wir schon ein Klima haben auf dieser Erde, sind diese 30 Jahre geradezu ein rasanter Erkenntnisprozess. Aber jetzt ist der Schock groß. Der Gabriel, unser Umweltminister, hat sich eingearbeitet, und er sagt: Da müssen wir etwas tun.

Ich meine, das sagen sie zwar auch schon 20 Jahre lang, die Umweltpolitiker, gell, aber das Klima hat sich nicht daran gehalten. Vielleicht deshalb, weil das Klima auf Politikerreden überhaupt nicht reagiert. Obwohl, das Klima wird vor allem durch den Ausstoß von Schadstoffen beeinflusst. Und darunter fallen auch Politikeraussagen. Vielleicht wird alles besser, wenn die Engländer ihre Mischwesen züchten für die Forschung.

Bis dahin ist es noch weit, aber die Klimakatastrophe regt die Fantasie an.

Das Umweltthema an sich, also Ozonloch, Gletscherschmelze, Erderwärmung, Verwüstung, Versteppung, Regenwald, der ganze grüne Kram, wie wir immer sagen, ist ja nichts Neues, ein alter Hut, und dann jetzt diese Riesenaufmerksamkeit, auf einmal, alle sind darauf eingestiegen, wirklich alle, nicht nur die Grünen, nein, auch die Umweltpolitiker, in Amerika, die haben auch welche, das machen bei denen die Schauspieler in Hollywood, und der Al Gore, der ist jetzt nicht direkt ein Schauspieler, aber er hat einen Oscar bekommen für seine Katastrophen-Verfilmung des Themas, alle haben schön mitgezogen.

Ich bin gespannt, wie lange es noch anhält. Also, mehr kann man nicht erreichen. Das Spiel mit dem Weltuntergang ist in vollem Gange. Bisher war der Weltuntergang ein religiöses Randthema. Und wenn es in den Medien mal vorgekommen ist, dann nur im Sommer, wenn nichts los war. Ich persönlich würde einen Weltuntergang im Sommer vorziehen. Einfach, weil es wärmer ist und weil man ihn draußen auf dem Balkon oder auf der Terrasse erleben kann. Die Gastronomen werden Schilder aufstellen: heute wieder Weltuntergang in der rauchfreien Zone. Am Oktoberfest werden wir dieses Jahr eine Riesen-Weltuntergangsstimmung haben.

Insofern passt die Klimaerwärmung wieder gut ins Konzept. Weltuntergang passt immer gut. Wenn man religiös ist sowieso. Die Zeugen Jehovas haben eine Vorliebe für den Weltuntergang, bei denen ist das ein Dauerbrenner, wundert mich eh, dass die bisher nicht gejammert haben: Das ist unsere Angst, die gehört uns exklusiv, da haben wir Rechte daran! Die haben damit ab und zu eine kleine Aufmerksamkeit erregt, aber sonst war doch der Weltuntergang bisher kein Thema. Aber jetzt, mein lieber Schwan, so viel Weltuntergang haben wir noch nie gehabt. Also, soweit ich mich erinnern kann. Gut, als der Schröder die Wahl zum ersten Mal gewonnen hat, da haben manche gedacht, dass die Welt untergeht. Aber das war eine Überschätzung. Immer, wenn die SPD an die Macht gekommen ist, haben einige den Weltuntergang befürchtet. Aber mit Schröder war das doch a bissl übertrieben. So eine Power hat er dann doch nicht gehabt. Ein Weltuntergang ist halt doch ein größeres Vorhaben als die Agenda 2010.

Sie haben es zwar eine Zeit lang probiert, zumindest Deutschland untergehen zu lassen. Aber es ist nicht ganz gelungen. Die SPD geht immer noch mit gutem Beispiel voran, die ist kurz davor, abzusaufen beim Wähler, die macht quasi die Weltuntergangsavantgarde. Kann einfach nicht aufhören damit.

Es hat einige Propheten gegeben, die gemeint haben, dass Deutschland untergeht, die Merkel hat den Untergang Deutschlands vorausgesagt, da war sie noch in der Opposition. Aber nachdem sie selber an die Macht gekommen war, hat sie umgeschwenkt und sich als Retterin Deutschlands zur Verfügung gestellt. Weil sie flexibel ist. Die stellt sich auf eine neue Lage sehr gut ein. Die Frau hat ein gutes Beraterteam. Kompliment!

Bisher ist der Weltuntergang ein voller Erfolg. In Deutschland. In Europa auch, aber da ist der Weltuntergang bisher nicht ganz so durchschlagend wie bei uns. Obwohl es in Polen Zwillinge gibt, die dabei sind, Europa zu torpedieren.

Ich kann sie verstehen, die Kölbl. Sie hat Angst wegen des Weltuntergangs, über den sie täglich aus den Medien erfährt. Und daraus resultiert ihre Sehnsucht nach Trost und Zuspruch. Kann man auch verstehen, wenn man sich nichts mehr erklären kann, will man eine Erklärung haben, die man versteht. Deshalb hat der große Berater in Rom Konjunktur. Und da erfährt die Kölbl, dass sie nicht allein ist mit ihren Ängsten. Und das gibt schon mal Halt. Das Bedürfnis nach religiöser Tiefenerfahrung nimmt zu. Eigentlich ganz logisch. Je unsicherer und komplizierter die Welt wird, in der wir leben, desto größer wird der Wunsch nach Welterklärung. Was hat das alles bloß zu bedeuten? Gibt es einen Zusammenhang zwischen der Fähigkeit, rückwärts einparken zu können, und der Datenplausibilisierung in der Betriebswirtschaftslehre? Wer deutet mir die Zeichen?, fragen viele Verzweifelte. Seltsam ist nur, dass viele ihre tief empfundene Unsicherheit mit einer noch größeren Unsicherheit in den Griff bekommen wollen. Nämlich mit dem Glauben, dass es danach, wenn die Welt untergegangen ist, in einer anderen Welt weitergehen wird. Viele wollen nichts mehr wissen, sie wollen nur noch glauben. Es gibt Leute, die glauben, eine solche Sicht wäre vernünftig. Vernunft und Glauben? Auch das geht, weil alles geht. Anything goes. Aber wenn es nach dem Papst geht, dann soll nicht mehr alles gehen. Weil wenn alles geht, dann ist alles relativ. Das ist die Dikatur des Relativismus. Im Relativismus gilt alles. Und alles ist gut, auch das Böse. Freilich, auch das Böse kann gut sein. »Das Böse greift dem Guten unterm Tisch ans Bein, und das Gute hält still ...« (Sloterdijk, Peter)

Und warum? Weil es ihm gefällt! Vermutlich greift auch das Gute dem Bösen ans Bein. Es wird gefummelt. Intellektuelles Petting. Ja, da ist was los. Die Begriffe treiben es miteinander. Das Denken wird zur reinen Lust. Da gibt es kein Halten mehr. Alles geht durcheinander.

Komplexphilosophie

Und warum? Weil die Welt komplex ist. Beim Peter Sloterdijk habe ich es gelesen, die Welt sei komplex und werde immer komplexer. Wir befänden uns im

Stadium des »Frühkomplexen«. Das kann nur bedeuten, dass wir mit dem »Spätkomplexen« noch rechnen müssen. Aber so, wie sich die Dinge entwickeln, werden wir eh immer weniger davon mitkriegen, weil unser Hirn schon mit dem Frühkomplexen überfordert ist. Aber tröstlich ist, dass der Philosoph des Frühkomplexen mit seinem Hirn noch bemerken konnte, dass es gleich nicht mehr langt. Es ist ein großes Glück, wenn man die eigene Beschränktheit noch bemerken kann. Ja, Neurologen haben herausgefunden, dass unser Hirn nicht in der Lage ist, sich selbst zu verstehen. Es erkennt grade noch, wo die eigene Blödheit anfängt. Das graue Organ mit den vielen Zellen und Synapsen, es verfügt nicht über genügend Kapazität, um sich selbst erklären zu können, wie es wirklich zugeht in ihm.

Sloterdijk meint, dass wir uns schon im Zustand der »logischen Dämmerung« befinden. Dämmerung? – Bei mir ist es stockfinster!

Die Wirklichkeit sei »polyvalent«, klingt gut, gell? Habe ich nachschauen müssen. Im Fremdwörterlexikon. Heißt mehrwertig. Die Wirklichkeit ist also mehrwertig? Aha.

Der Niederbayer tät sagen: »Es is a so, oda a so, und wenn's so ned ist, und so aa ned, dann muass anders sei. Weil sonst gibt's des ned. Aber sei muass irgendwie. Lass amoi wos sei!« Fordert der Niederbayer.

Aber im Grunde genommen ist es eigentlich keine Forderung, sondern eine Zulassung des Seins. Er hat nichts gegen das Sein. Das Sein mag sein, wie's ist. Der Niederbayer meint, dass man das Sein sein lassen soll, was bedeutet, dass der Niederbayer auch einmal etwas sein lässt, ohne zu wissen, was es ist und wie es ist, weil's ihm langt, *dass* es ist. »Lass amoi wos sei! Wia schnell is heit wos?« Damit gibt der Niederbayer seine Einstellung zum Seinsgeschehen kund. Er lässt zu, dass was sein kann. Es handelt sich hierbei um die niederbayerische Seinszulassung. Der Niederbayer geht davon aus, dass etwas ist. Das Nichts kommt in seinem Denken nicht vor. Das Nichts gibt es nicht für den Niederbayern. Mit dem Existenzialismus kann der Niederbayer nichts anfangen, auch wenn das Leben hart ist. Wenn er daher mit aufgerissenen Augen ausruft: »Lass amoi wos sei!«, will er damit offen dafür sein, dass sich das Sein ganz schnell einstellen kann. Der Niederbayer glaubt an die ontologische Geschwindigkeit des Seins. Das heißt, es kann immer auf der Stelle etwas sein, und man weiß nicht, was es ist. »Wia schnell ist heit wos?« Das kann auch eine Angst ausdrücken, dahin gehend, dass etwas ist, was besser nicht wär. Aber dann gilt trotzdem: Lass amoi wos sei.

Das nennt der Sloterdijk Polyvalenz. Der Niederbayer legt dagegen Wert auf die Seinsgelassenheit. Drum sagt er: »Lass einmal was sein!« Und fügt angstvoll an: »Wie schnell ist heut was?« Eigentlich werden hiermit die beiden von Heidegger in die philosophische Debatte eingeführten Kategorien der Langeweile und der Angst niederbayerisch zum Klingen gebracht. Und damit natürlich überwunden!

Unser Fazit kann nur ein Sowohl-als-auch sein. Das Sein kann also immer ein Sowohl enthalten, aber auch ein Sowohl-als-auch. Es kann alles immer *sowohl als auch* und auch *einerseits und andererseits* sein, mehr oder weniger. Oder wie der Bundeskanzler Schröder immer zu sagen pflegte: Gelegentlich. Die Welt ist gelegentlich!

Es gibt nichts Eindeutiges mehr, die Welt ist unklar, und der Philosoph erkennt ein Chaos, mehr oder weniger und gelegentlich.

Peter Sloterdijk sagt: »... die Seele flirtet mit der Maschine (das stimmt nicht mehr ganz, ich glaube, da kam es längst zum Koitus, wir haben schon biologische Computer!), der Geist ist von der Materie zu bilateralen Gesprächen eingeladen (schon, aber der Geist wartet immer noch darauf, dass die Materie endlich den Mund aufmacht und was sagt), Natur und Geschichte einigten sich längst im Grundsätzlichen (ist nicht mein Thema), die mächtigsten Dichotomien (= Zweiteilung) schwimmen verwässert dahin, überall weht ein Geist von großer Koalition ...« Was die große Koalition betrifft, stimme ich zu. Was den Geist dabei angeht, weniger. All das sagt Sloterdijk. Meine Mutter hätte geantwortet: Wo er's nur grad wieder hernimmt!

Und ich möchte ergänzen: Wer weiß, dass er nichts wissen kann, und trotzdem so tut, als könnte er was wissen, der ist wahrscheinlich ein Depp! Oder ein Berater, ein Consulter.

Zu mir haben die Lehrer in der Schule immer gesagt: Bua, schalt dein Hirn ein, du hast doch einen Verstand! Oder wie der alte Kant, auch ein Niederbayer im Geiste, immer gesagt hat: Wage deinen Verstand zu gebrauchen!

Heute muss die Forderung lauten: Wage nicht, deinen Verstand zu gebrauchen, denn du wirst blöd dabei! Diesen Satz haben sich viele in der Politik zu Herzen genommen. Deshalb werden immer mehr Berater in der Politik engagiert, damit die Politiker nicht selber den Verstand gebrauchen müssen. Irgendwo hat neulich sogar einer gesagt, das Beziehungsgeflecht von Beratern und Beratenen in der Politik könnte man als »organisierte Verantwortungslosigkeit« beschreiben. Aber das macht keiner, weil ein Berater davon abgeraten hat.

Es ist alles so kompliziert geworden. Sagen viele, die den Verstand nicht mehr gebrauchen wollen. Alles ist komplex und wird immer komplexer, und die Denkkapazitäten reichen nicht aus, um das Komplexe zu verstehen. Und deshalb haben wir Berater immer mehr zu tun.

Mein großes Vorbild als Consulter war immer der Plato. Der hat im alten Griechenland eine kleine Consultingagentur gehabt, ein bissl großspurig Akademie genannt, die ziemlich erfolgreich gearbeitet hat. Der hat damals auch alles gemacht. Vom Publishing über Lobbying bis zum Philosophing. Die haben sogar noch selber gerechnet. Geometrie haben die auch noch angeboten. Hat einfach dazugehört. Das gleichschenklige Dreieck war damals in aller Munde.

Und was mich immer fasziniert hat am Plato, waren seine Mythen und seine Gleichnisse. Vor allem seine Höhle, das Höhlengleichnis. Das ist eine ganz alte PowerPoint-Präsentation – der Plato war damals im Consulting ein ganz ein Großer. Der hat erst einmal die Lage analysiert und dieses Gleichnis von der Höhle erfunden, um seine Kunden zu überzeugen. Seine Aufgabe war, ein Staatskonzept für Griechenland zu entwickeln. Ein Ideal. Er hat gemeint, dass wir, aber damit hat er die Griechen gemeint, einen idealen Staat brauchen, weil wir Deutschen waren ja damals kulturell auf einer ganz anderen Ebene tätig. In Deutschland haben wir uns damals relativ wenig mit Höhlengleichnissen beschäftigt. Wir haben uns mehr in der Höhle aufgehalten, als darüber nachzudenken, was es mit der Höhle an sich auf sich hat. Die Griechen waren damals schon weiter als wir. Das muss man einfach eingestehen. Wir haben zu der Zeit noch ums Überleben gekämpft. In den deutschen Sümpfen sind wir rumgestapft. Wir waren im Survival-Training, könnte man sagen, immer am Jagen und Fischen und Lagerfeuermachen. Wir waren erdiger, die Griechen waren luftiger. Ich will damit sagen, die haben den Kopf nach oben gerichtet und in den Himmel hinaufgeschaut, ob da was ist, und haben überlegt, woher wir kommen und wohin wir gehen und ob wir eine Seele haben. So waren die drauf. Das hängt natürlich mit dem schönen Wetter zusammen, das die immer gehabt haben. Und in der Hitze gehst gern mal zum Strand und schaust auf das Meer hinaus und fragst dich, ob es hinten am Horizont weitergeht. Bei schlechtem Wetter, was es meistens bei uns hat, geht man nicht zum Strand, da bleibt man lieber daheim. Deshalb haben wir auch mehr Heimatgefühle als der Grieche. Vermute ich. Der Grieche ist weniger heimatlich orientiert als der Deutsche. Wenn der Grieche lange nicht daheim war, dann mag er natürlich auch einmal heim. Aber lang hält es der Grieche daheim meistens nicht aus, weil daheim beim Griechen immer sehr schlimme Geschichten vorkommen. Da ist der Ödipus und die Elektra aktiv und arbeiten an ihren Komplexen. Mei, da ist was los! Die Mütter schlafen mit den Söhnen und die Söhne erkennen die Väter nicht und erschlagen sie.Aber da kann man nichts machen, weil oft ein Fluch auf der ganzen Angelegenheit liegt. Drum fährt der Grieche lieber aufs Meer hinaus und begibt sich in eine Odyssee und hofft, dass er sich den Zorn des Poseidon zuzieht. Da weiß er wenigstens sicher, dass er mindestens zehn Jahre umherirren darf, bevor er wieder heim muss. So ist der Grieche. Wer das Meer vor der Haustür hat, den zieht es hinaus. Und wenn dann auch noch das Wetter passt, ist er kaum noch zu halten. Da aber in unseren Breiten das Wetter so gut wie nie passt, bleiben wir gern daheim. Bei uns daheim war zu der Zeit kaum was los. Außer einem Barbarentum haben wir nix gehabt! Zeit haben wir viel gehabt, aber recht viel mehr nicht. Wie wir allerdings die Zeit genutzt haben, darüber ist nicht viel bekannt. Vielleicht haben wir die meiste Zeit damit verbracht, die Tiergeräusche in den Wäldern richtig zu deuten. Was auch eine lohnende Aufgabe war. Ansonsten ist nicht viel passiert. Wir waren halt daheim.

Daheim schaut man nicht auf den Horizont, sondern auf die Tür, an der der Horizont endet, und jeder weiß, was danach kommt, nämlich das Draußen, die unwirtliche Fremde, das Sauwetter. Während der Grieche das Meer vor der Haustür hat und eine Fernsicht, weil der Himmel meistens klar ist, und sich deshalb der Grieche fragt, ob es hinter dem Horizont weitergeht?

Ich glaube, das ist die Grundfrage überhaupt. Geht es weiter? Und wenn, wo? Die Griechen haben sich dazu schon Gedanken gemacht. Wir haben uns zu der Zeit auch Gedanken gemacht. Aber andere. Wir haben gefragt: Wann ist der Winter zu Ende, wann kommt der Sommer, hört der Regen denn niemals auf, und wer ist für dieses Sauwetter verantwortlich? Das waren unsere Grundfragen. Von den Antworten, die unsere Vorfahren auf ihre Grundfragen gefunden haben, ist wenig erhalten geblieben. So wie es ausschaut, haben sie sich ziemlich schnell die griechischen Antworten zu eigen gemacht, so wie sie sich überhaupt alles unter den Nagel gerissen haben, was nicht niet- und nagelfest war, um es in unseren Museen auszustellen.

Und wie gut es denen in Griechenland gegangen sein muss, im Gegensatz zu uns, merkt man unter anderem daran, dass der Plato sich überlegt hat, wie kann ich meiner Kundschaft, die zu mir in die Agentur kommt, klarmachen, dass wir alle miteinander ziemlich beschränkt sind, was unsere geistigen Möglichkeiten angeht.

Zu diesem Zweck hat er dieses Höhlengleichnis erfunden. Und da drin schaut es folgendermaßen aus. Die Menschen befinden sich alle in einer Höhle. Sie sind gefesselt und können sich nicht umdrehen. Er setzt also eine Unbeweglichkeit voraus. Man könnte fragen, wer die Menschen gefesselt hat? Aber diese Frage ist ungehörig, weil sonst das Gleichnis nicht funktioniert.

Aber die Brutalität der Versuchsanordnung gibt uns einen ersten Hinweis auf den platonischen Extremismus. Mei, könnt sein, dass es halt damals in Griechenland gesellschaftlich, politisch, kulturell nicht so optimal gelaufen ist. Gewerkschaften hat es nicht gegeben. Auch von einer Linken ist nirgends in den überlieferten Schriften eine Rede. Wir wissen, dass sie eine Unterschicht gehabt haben, ein extremes Prekariat, Sklaven, ganz arme Teufel waren das, gell, dagegen geht es unserem Prekariat heute geradezu hervorragend. Hartz IV? Da war ja gar nicht daran zu denken, die haben nichts gekriegt. Mindestlohn? Null! Die waren rechtlos. Und dadurch haben die Griechen große Vorteile gehabt. Ohne die Sklaven hätten sich die kulturell nicht so hoch entwickeln können. Das ist der Vorteil von einer Sklavenhaltergesellschaft. Sklaven waren Bestandteil des Konzepts damals. Das ist schon bemerkenswert, gell, die Griechen haben gewusst, dass man billige Arbeitskräfte braucht, um überhaupt eine Kultur entwickeln zu können. Die Sklaven waren beim Plato eine wichtige Säule im wirtschaftlichen Kontext. Wer, glauben Sie denn, hat die Akropolis gebaut? Den Pergamonaltar? Das Tor von Milet? Die Gewerkschaften bestimmt nicht und die SPD auch nicht! Die hat es damals noch gar nicht gegeben. Die hätten auch keine Chance gehabt.

Aber in seinem Gleichnis von der Höhle waren

mit den Gefesselten nicht die rechtlosen Sklaven gemeint, sondern die Philosophen, die Weisen, also diejenigen, die nichts wissen, weil sie beschränkt sind in ihrer Wahrnehmung. Politiker, Theologen, CSU-Mitglieder, SPD-Mitglieder, FDP-Mitglieder, man kann sagen, er hat alle Mitglieder gemeint, weil sie allein durch ihre Mitgliedschaft schon beschränkt sind.

Also, die Menschen sind gefesselt und können sich nicht umdrehen und sehen deshalb die Dinge, die hinter ihrem Rücken vorbeigetragen werden, nur indirekt, als schemenhafte Schatten an der Wand vor ihnen. Quasi eine bayerische Grunderfahrung, wo das Wesentliche hinter dem Rücken passiert. Und nur der Lichtschein eines Feuers lässt ein ungefähres Bild der tatsächlichen Dinge entstehen. Schwache Lichtverhältnisse also.

In der Höhle herrscht meistens finstere Nacht. Nur manchmal hält jemand für ein paar Sekunden ein brennendes Streichholz hinein, und dann können die Gefesselten etwas erkennen.

Auf die Gegenwart übertragen, entspricht der Fernseher vor uns der platonischen Wand. Alles, was wir im Fernseher sehen, passiert hinter unserem Rücken. Sie zeigen uns Zusammenhänge, die scheinbar klar sind. Aber letztlich bleibt im Fernsehen alles unklar, denn sie zeigen uns nur, was wir sehen sollen. Du siehst etwas, was du nicht siehst. Es ist wie in dem Kinderspiel »Ich seh etwas, was du nicht siehst«. Aber wir kommen einfach nicht drauf, was es ist.

Wir hören eine Durchsage, dass alle Flüge in Europa sich verspäten werden, weil es eine Terrorwarnung für die großen Städte London, Paris und Berlin gegeben hat.

In London-Heathrow haben sie wohl Probleme mit einem Anschlag. Mit einer Bombendrohung. Terror. Islamismus. Religiöse Fanatiker. Was weiß ich. Der Glaube hält auf.

Deshalb kommt die Maschine nicht raus. Aber die Engländer lassen sich nicht einschüchtern. Die fackeln nicht lange rum. Nein. Die greifen durch. Die sind nicht so zimperlich wie wir. Bei uns kommen immer erst Bedenken auf, wenn einer mal einen vernünftigen Vorschlag macht. Rechtsstaatliche Bedenken. Der Beckstein will im Internet online Streife gehen. Ja, warum denn nicht? Da kommt die Online-Polizei und schaut mal bei dir rein. Und? Es wird nicht mehr lange dauern, dann operiert auch die Polizei virtuell. Ich mein, dann laufen virtuelle Polizisten durchs Internet und jagen virtuelle Terroristen.

Der Innenminister Schäuble, der täte gern noch ein bisserl radikaler fahnden. Er geht davon aus, dass wir alle Verdächtige sind. In gewisser Hinsicht sind wir immer alle irgendwie Verdächtige. Ich bin ganz froh, dass die Fahnder mich im Auge haben. Wenn ich nämlich wirklich einmal etwas anstellen sollte, dann kann ich hinterher sagen: Hätt's besser aufpasst auf mich!

Der Schäuble würde gerne entführte Flugzeuge mit der Bundeswehr vom Himmel holen. Aber die Grünen und auch die Sozis haben ihm seinen Gesetzesentwurf vermasselt. Haben heimlich hämisch gelacht, als das Gesetz in Karlsruhe gescheitert ist. Die Sozialdemokraten freuen sich, wenn dem Schäuble etwas misslingt. Komisch.

Als sie selber regiert haben, die Roten mit den Grünen, da haben sie unter Schily das gleiche Gesetz auf den Weg gebracht, aber jetzt in der großen Koalition können sie sich nicht mehr daran erinnern. Das ist Politik. Und warum können sie sich nicht mehr erinnern? Weil sie damit kalkulieren, dass wir uns auch nicht mehr daran erinnern können. Und so ist es ja auch, wir können uns ja auch nicht mehr so richtig daran erinnern, oder? Was war das mit diesem Gesetz zur Luftsicherheit? Da war doch was, gell? Schäuble will Unschuldige opfern? Irgendwie soll eine Abwägung getroffen werden. Nein, die Abwägung soll nicht getroffen werden. Das entführte Flugzeug mit den Unschuldigen an Bord soll getroffen werden. Aber auch nur, wenn es nicht anders geht.

Ich kann den Sachverhalt nicht genau beschreiben, in meinem Hirn haben sich nur Bruchstücke dieser Geschichte abgelagert.

Wen betrifft das schon? Wann sitz ich schon mal in einem entführten Flieger?

Unwirsch lacht.

Haben Sie sich schon mal überlegt, was mit Ihnen passiert, wenn Sie in einem Flugzeug sitzen und auf einmal teilt Ihnen der Kapitän auf Deutsch, Englisch und vielleicht noch Italienisch mit, dass das Flugzeug gekidnappt wurde von, sagen wir, islamischen Gotteskämpfern? Ich habe versucht, mir die Situation vorzustellen. Könnte sein, dass ich ganz eilig mal aufs Klo müsste. Aber warum sollte ich, kurz bevor mich der Schäuble abschießen lässt, noch mal aufs Klo gehen? Möglicherweise würde sich dieser Gang erübrigen. Ich könnte mir vorstellen, dass ich mir sag: Ach was, das rentiert sich nicht mehr, ich geh drüben.

Ich weiß es ja nicht, wie ich in solch extremen Notsituationen reagiere. Vielleicht bleib ich ganz ruhig. Mache noch den einen oder anderen Witz, damit ich auch gut gelaunt drüben ankomme.

Möglicherweise sind Kabarettisten an Bord, die bis zum bitteren Ende einen Gag nach dem anderen machen, zu Ackermann, Stoiber, Merkel, Müntefering, große Koalition, also nur über das ganz Wichtige reden. Und die einfach nicht aufhören. Immer noch einen drauf.

So ähnlich wie das Streichquartett auf der Titanic, das bis zum Untergang gespielt hat. Da lief dem Geiger das Wasser schon ins F-Loch, da hat der immer noch gefiedelt. Mit Musik untergehen ist auf jeden Fall besser als ohne. Vielleicht fängt man auch zu beten an. Das kann ich nicht ausschließen. Bei meiner katholischen Vergangenheit würde mich das nicht wundern, wenn ich plötzlich ein Vaterunser aus mir rausmurmeln würde. »Vater unser, der Du bist im Himmel, geheiligt werde Dein Name ...«, tja, und da stock ich schon ... Ich spring gleich auf das »gegrüßt seist Du Maria, ... gebenedeit ist die Frucht Deines Leibes, Jesus ... unter den Weibern ...« War da nicht irgendwas mit Weibern? – Ich weiß es nicht mehr.

Buddhisten fangen vielleicht an, ihren Atem zu beobachten. Und singen Om und immer wieder Om.

Die Zeugen Jehovas werden stinksauer, weil sie jetzt beim nächsten Weltuntergang nicht mehr dabei sein können. Sie fangen an zu klagen.

Aber wie reagieren Atheisten? Haben die eine Strategie für den seelischen Ernstfall? Holen die eine Liliputausgabe von Sartres *Das Sein und das Nichts* raus und rufen »Der Mensch ist frei!«?

Mein Gott, für den Atheisten dürfte diese Situation in der Warteschleife vor der Ewigkeit kaum ein Problem sein. Er ist ja sicher, dass danach nichts kommt. Er sagt ganz cool: O.k., dann steh ich jetzt gleich vor dem Nichts!

Ich habe in der *Zeit* eine treffende Formulierung für Atheisten gelesen. Lesen Sie die *Zeit?* Nicht? Versteh ich, man braucht viel Zeit, um die *Zeit* lesen zu können. Atheisten seien »Leute mit der religiösen Blutgruppe Null«. Ich finde das klasse formuliert. Denn die Blutgruppe Null ist mit allen kompatibel. Die Blutgruppe Null kann jedem gespendet werden.

Kritisch wird es für einen Atheisten nur, wenn er bisher sicher war, Atheist zu sein, und nun unter diesen Umständen, im Angesicht des Todes, auf einmal erkennen muss, dass er nur an ein Nichts geglaubt hat, das es tatsächlich gar nicht gibt. Himmel Herrgott noch mal, das wäre peinlich. Man sitzt in einem Flugzeug, das Kurs genommen hat auf die Ewigkeit, und klammert sich an das Nichts und merkt, dass es nicht existiert. Was ist das? Ironie der Geschichte?

»Jenseits der Gewissheiten und Gewohnheiten erstreckt sich die unkartierte See!« Auch schön formuliert, gell? Leider nicht von mir. Habe ich ebenfalls in der *Zeit* gelesen. Diese »Leute mit der religiösen Blutgruppe Null«, sie leben auch, und in ihren Adern fließt auch jener ganz besondere Saft. Katholiken haben vermutlich die Blutgruppe A Rhesus positiv, die Evangelischen wahrscheinlich negativ. Aus Sicht der Katholischen. Egal, welcher Blutgruppe man angehört, die Verkalkung droht allen. Ist das wieder Ironie der Geschichte? Ist die ganze Geschichte am Ende nichts als Ironie?

Aber um noch mal auf das Bild zu kommen von der »unkartierten See«. Die Atheisten treiben darin umher und orientieren sich, so gut es geht, mithilfe der Vernunft und paddeln oft genug in die Irre.

Die Gläubigen paddeln auch in die Irre, aber mit Hoffnung. Es gibt also mehrere Möglichkeiten, in der Irre anzukommen. Wieder Ironie. Im Nachhinein wird alles ironisch.

Und oft ist die Irre gar nicht so weit weg. Bei mir in Haidhausen in München befindet sich die Irre ums Eck. Neulich war ich wieder mittendrin. Und zwar unverhofft. Ich war mit dem Radl unterwegs und bin direkt mitten reingefahren. Es war an der Ecke Wörthstraße/Preysingstraße. Da, wo es rübergeht zum Johannisplatz. Wenn du einmal in der Irre angekommen bist, kannst du sicher sein, dass eine Kirche in der Nähe ist. Eine Kirche steht immer nah an der Irre.

Es war schon nicht mehr ganz hell, im Nachhinein muss ich sagen, es herrschte wieder logische Dämmerung.

Die Preysingstraße ist eine gut angelegte Nebenstraße in München-Haidhausen, deren Gehwege mit Steinpfosten gesichert sind. Dazwischen hängen schwere Ketten. Allerdings gibt es zwei Pfosten, die kettenfrei gehalten sind. Ich seh die kettenfreie Zone und denke, wenn das so ist, werden nebenan, zwischen den Pfosten, auch keine Ketten sein. Wie gesagt, es herrschte logische Dämmerung.

Ich halte also auf den angenommenen Freiraum zu und fädle ein. Die Kette hat genau unter den Lenker gepasst, und mit einem gewaltigen Ruck zieht es mich über die Lenkstange und ich flieg in hohem Bogen auf die Straße und lande am Kopfsteinplaster.

Mich hat es also vom Radl runtergeholt, weil ich offensichtlich eine Kette an einem Bürgersteig übersehen hatte. Ich habe aber erst hinterher gemerkt, nachdem es passiert war, was es war, als ich auf der Straße lag und mich herbeieilende Passanten fragten, ob mir etwas passiert sei.

»Ist Ihnen was passiert?«, haben sie gefragt.

»Ich weiß es noch nicht!«, habe ich geantwortet.

Die Dauer dieser Frage haben sie gebraucht, bis sie gemerkt haben, dass mir was passiert war. Obwohl sie es beobachtet hatten. Und ich habe auch eine Zeit gebraucht, um zu merken, ob mir etwas passiert war.

Das heißt, wenn dir etwas passiert, merkst du es erst, wenn es vorbei ist – nach einer gewissen Zeit.

Wenn also der Flieger seinen Touchdown in der Ewigkeit hat und dich jemand fragt, ob dir etwas passiert ist, und du antworten kannst, ich weiß es noch nicht, dann bist du entweder im Himmel oder in der

Hölle, aber auf keinen Fall in der Vorhölle, weil die der Benedikt abgeschafft hat.

Wenn dich aber niemand fragt, ob dir etwas passiert ist, und du nicht in der Lage bist zu antworten, wenn du also weder die Frage hören kannst noch die Antwortmöglichkeit hast, dann ist es wurscht, weil es dann ein für alle Mal vorbei ist.

Diese Zeitspanne zwischen dem Zeitpunkt, wo es passiert, und dem Zeitpunkt, wo du merkst, dass dir etwas passiert ist, nennt der Ernst Bloch das Dunkel des gelebten Augenblicks. Und wenn du diesen Augenblick noch erhellen kannst, dann lebst du. Wer über das Dunkel etwas sagen kann, weiß mehr.

Ernst Bloch war ein sehr guter Berater, der alles für möglich gehalten hat. Alles für möglich zu halten ist nicht schlecht.

Schaut auf die Uhr.

Ich habe öfter mal zwischendurch so kleine Überschreitungen ins Unerklärliche.

Zwischendurch hab ich manchmal a bissl Lust auf eine Metaphysik. Religion ist ja eigentlich auch nichts anderes als eine Power-Point-Präsentation. Mit drei Bullet-Points. Weihnachten, Ostern, Pfingsten. Geburt, Tod, Auferstehung.

»Die alltägliche Religionslosigkeit hängt damit zusammen, dass diese metaphysischen Bedürfnisse durch … (das Zuhausesein) die virtuellen Bilderwelten schon abgegolten sind.« Sagt der Rüdiger Safranski, ein von mir sehr geschätzter Consulter.

Er meint das kontemplative Schauen, das wir alle brauchen, den Blick auf die unkartierte See, das gläubige Goasgschau auf die komplexe Unübersichtlichkeit!

»Fernsehen ist Metaphysik fürs Volk.« Sagt der Philosoph Safranski. Was meint er damit? Er meint: Fernsehen ist der Sinn-Discounter, Fernsehen ist der Sinn-Lidl – der religiöse Aldi.

Es ist ganz einfach. Du sitzt daheim in deinem Wohnzimmer vor dem Fernseher und hast das gleiche Gefühl wie in der Kirche. Das Wohnzimmer ist dein Andachtsraum. Dort sammelt sich der Geist in der Gemütlichkeit zwischen Schrankwand und Couch von Ikea. Der Fernseher ist der Bildertabernakel. Und die Stimme des Propheten fragt dich: »Wohnst du noch oder lebst du schon?«

Du weißt sofort, diese Frage stammt aus dem Buch Ikea. Und dir fährt der Schreck in die Glieder. Wohne ich nur?, fragst du dich angstvoll. Wohnen bedeutet vegetieren, um Gottes willen! Aber es gibt Hoffnung. Ikea bringt dich zur Welt und schenkt dir ein Leben.

Andere wohnen. Sie haben ein Dach über dem Kopf, aber das ist kein Leben. Der Mensch kommt mit Ikea daheim immer wieder neu zur Welt. Ikea, das ist kein Möbelkonzern, das ist eine Religion. Weil der Mensch nicht nur ein Lebewesen ist, sondern ein Möbelwesen. Der Mensch lebt, weil er west. Und Ikea sagt: Der Mensch lebt, wenn er möbelt.

Und mittendrin in dieser Ikea-Option, in der möblierten Wiedergeburt des Menschen, befindet sich der Fernseher, aus dem die gläubigen Möbel-Menschen geduldig die Qualen der Welt empfangen. Weil der Mensch nicht nur möbelt, wenn er wohnt, sondern lebt, wenn er west.

Trost und Zuspruch kommen von den Fernsehpriestern, den Moderatoren und Journalisten, den Anchormen und Anchorwomen, von Anne Will und Tom Buhrow. Sie zelebrieren ihre Messen vor der Gemeinde der Wirklichkeitsgläubigen, die glauben, was sie sehen. Und sehen, was sie glauben.

Im Fernseher findet täglich die Wandlung statt vom Tatsächlichen ins Fiktive. Und Buhrow zelebriert: »Seht, dies ist mein Ton und dies ist mein Bild! Gehet hin in Frieden.«

Das wirkliche Geschehen, die Attentate, die Kriege, die Ereignisse werden durch das Fernsehen gerahmt, sie werden geheiligt und verlieren dadurch ihre Bedrohlichkeit. Das wirkliche Leben kommt übers Fernsehen beim gläubigen Zuschauer als erfundene Geschichte an.

Im Wohnzimmer glaubst du, dass der Weltuntergang im Fernsehen stattfindet. Und da sagst du dir:

Da schau, haben wir wieder Weltuntergang. Da hole ich mir doch noch eine Halbe.

Deshalb sind wir doch auch alle so ruhig und gelassen geworden, so cool. Es berührt dich nichts mehr wirklich. Der Fernseher macht dir die Welt erträglich.

Es geht mir wie diesem einen amerikanischen Soldaten im Zweiten Weltkrieg, an der amerikanisch-japanischen Front. Kennen Sie die Geschichte? Sie soll wirklich passiert sein. Ich habe sie gelesen, bei Stephan Grünewald, in seinem Buch *Deutschland auf der Couch*.

Ein Soldat liegt in seinem Schützengraben, der Feind in sicherer Entfernung. Es ist ganz still. Feuerpause. Kann aber jeden Moment wieder losgehen. Plötzlich wird die Stille durch Stimmengewirr unterbrochen, das von vorne kommt, von der Kampflinie. Der Captain wird aufmerksam und geht den Stimmen nach und findet einen Soldaten in der vordersten Linie. Er kann es nicht glauben. Dieser Soldat hört Radio, einen amerikanischen Kurzwellensender. Der Captain will dem Soldaten das Radiohören sofort verbieten, doch er kommt nicht mehr dazu, weil er von der Geschichte des Hörspiels, das da grade läuft, dermaßen gefangen genommen wird, dass er nicht mehr anders kann und aufmerksam zuhört. Das Hörspiel handelt von einem amerikanischen Soldaten, der ganze vorne an der Front auf den feindlichen Angriff wartet und dabei Radio hört. Einen amerikanischen Kurzwellensender. Ein Hörspiel. Und es handelt von einem amerikansichen Soldaten, der ganz vorne an der Front …

Der Soldat konnte nicht mehr auseinanderhalten, was er im Radio hört und was er grade erlebt. Das wirkliche Leben wird eins mit dem erfundenen.

Ich habe überlegt, ob das heute auch noch möglich wäre. Im Irak? Wenn der Feind auf der anderen Seite auch Radio hört, also dasselbe Hörspiel, und wenn beide Seiten sicher sind, dass die Geschichte, die sie hören, wirklich ist, also blutiger Ernst, dann könnte es ziemlich lange gut gehen. Es darf bloß keiner das Radio ausschalten. Dann krachts gewaltig. Aber es gibt Beispiele, wo die Trance anhält.

Ich habe einmal in den 70er-Jahren einen Film im Kino gesehen mit Peter Sellers in der Hauptrolle, *Welcome Mr. Chance.* Er spielt einen Gärtner, der in einem Schloss bei einem sehr reichen Schlossherrn angestellt ist. Aber eines Tages kommt es zu einer Störung. Der Schlossherr stirbt und er muss seine gewohnte Umgebung verlassen. Er muss hinaus in die wirkliche Welt, die er bisher nur aus dem Fernsehen kannte. Der Fernseher war seine einzige Verbindung zur Außenwelt. Er packt also seine Sachen zusammen, auch die Fernbedienung, und tritt ein in die wahre Wirklichkeit, in der Programme laufen, die ihm nicht gefallen. Eine jugendliche Gang bedrängt ihn, er nimmt die Fernbedienung und will sie wegzappen. Aber es geht nicht. Er muss feststellen, dass er keinen Einfluss auf die Szene hat.

Später im Film erlangt er dann doch eine immense Macht, denn aufgrund seines Gärtnerwissens und seiner ehrlichen Art wird er Präsident der USA, wo er im Oval Office sitzt und mit seiner Fernbedienung die Welt regiert.

Immer noch am Flughafen. Unwirsch wartet auf den Flug nach Berlin, der inzwischen zwei Stunden Verspätung hat. Eine Flughafendurchsage: »Herr Hubert Unwirsch wird zur Information gebeten! Herr Hubert Unwirsch, gebucht auf den Flug von München nach Berlin, wird zur Information gebeten.«

Er wählt am Handy eine Nummer.

Harald? Bist du immer noch bei Trudilein? Das ist aber nett.

Ich bin immer noch am Flughafen. Ich habe grade eine Aufforderung bekommen, zur Information zu kommen. Ich vermute, dass mich die Staatsanwaltschaft dort erwartet. Ich wollte mal hören, wie es ausschaut? – Qualig sitzt in Untersuchungshaft! Aha. Na ja, bei der Ehrlichkeit wundert mich das nicht. – Wesendonk ist in psychiatrischer Behandlung! Der hat es ganz angenehm erwischt. Und du? – Auf dem Weg nach Barcelona! Mit dem Zug.

Gut. Mit Trudilein. Sag mal, findest du nicht, dass das jetzt ein bissl viel Betreuung ist? –

Aha, Liebe. Du meinst, das wär Liebe. Ja, da kann man nichts machen. Tschau und tschüss.

Beendet das Gespräch.

Der Flug ist eben gestrichen worden. Ich glaub, den Termin mit Kuhlke kann ich vergessen.

Seltsam. Heute in der Früh habe ich mir das alles ganz anders vorgestellt. Aber so ist das. Manchmal macht man sich eine Vorstellung davon, was passieren soll, und dann passiert etwas ganz anderes. Und dann wieder passiert etwas, was sich kein Mensch vorgestellt hat.

Ein Rätsel.

Ich glaub, jetzt brauch ich Beratung.

Blackout.

Die Bühne wird langsam dunkel.

Zugaben

Zugaben gibt es gleich vier: meine Reden auf dem Nockherberg 2004 bis 2006 und einen Vortrag in der Katholischen Akademie in München. Letzterer allerdings hat es in sich – wenn man den Zuhörerreaktionen Glauben schenken darf. Es gab wohl Gläubige, die sich in ihren religiösen Gefühlen verletzt sahen. Die Katholische Akademie in München hatte mich eingeladen, einen Vortrag zu halten zum Thema »Humor und Glauben«. Der Andrang war so groß, dass der Vortrag auf Videowände in die Nebenräume übertragen werden musste. Viele Zuhörer kamen danach zu mir und baten mich um das Manuskript, weil sie meine Ausführungen noch einmal nachlesen wollten. Natürlich stimmte ich sofort zu, musste aber einschränkend um Geduld bitten, weil das Vortragsskript zunächst zur Redaktion nach Rom geschickt werden sollte. Die Reaktionen sind bisher sehr verhalten, um ehrlich zu sein, gleich null. Zwischenzeitlich erschien eine gekürzte Version in der *Debatte*, der Zeitschrift der Katholischen Akademie. Zum Teil war ich selber überrascht, was mir da alles eingefallen war, und ich konnte mich der Vermutung nicht erwehren, dass mir der Heilige Geist bei der Verfertigung meiner Gedanken Beistand geleistet hatte. Da die Aufforderungen an mich, das Manuskript endlich der Öffentlichkeit zugänglich zu machen, immer drängender wurden, haben sich der Heilige Geist und ich entschlossen, die Reaktionen aus Rom nicht abzuwarten, sondern das Skript der aufgeklärten Leserschaft in die Hand zu geben.

Humor und Glauben

Jonas in der Katholischen Akademie, werden einige staunen. Was macht denn der da, ist der überhaupt kompetent? Die Frage ist berechtigt. Mir fehlt die akademische Qualifikation. Ich kann keinen Hochschulabschluss vorlegen, keinen Magister, keine Promotion, nichts, was man normalerweise erwarten darf, wenn einer an das Rednerpult einer ehrwürdigen Akademie tritt. Alles, worauf ich verweisen kann, ist ein mäßiges Abitur, das ich immerhin an einem bayerischen Gymnasium abgelegt habe, und einige Siegerurkunden, die ich bei den Bundesjugendspielen mühsam errungen habe. Die paar Seminarscheine, die ich während meines Studiums in Philosophie, Politologie und Germanistik gemacht habe, zählen nicht. Mehr Gewicht haben da vielleicht noch mein Taufschein und die Tatsache, dass ich die Sakramente der Beichte, der Erstkommunion und der Firmung erhalten habe. Teilweise entwertet werden diese Stationen meines katholischen Lebens durch meinen Austritt aus der katholischen Kirche.

Ich kann also von Glück reden, dass ich heute

Abend überhaupt vor Ihnen stehe. Das könnte damit zusammenhängen, dass ich nie den Taxischein gemacht habe. Sonst wäre ich nämlich heute vielleicht sogar in Amerika, in Princeton oder an einer anderen Universität in den Staaten als Professor tätig. Aber dann würde ich nicht Jonas heißen, sondern Fischer, und ich würde in jeder Beziehung mehr Gewicht haben.

Jonas in der Katholischen Akademie? Ich frag mich ja selber: Bin ich der falsche Mann am richtigen Ort? Oder umgekehrt: Bin ich der richtige Mann am falschen Ort? Wenn ja, dann hoffe ich, dass Adorno falsch lag, der gesagt hat, dass es nichts Richtiges im Falschen gibt. Aber weil ich davon ausgehe, dass die Katholische Akademie nur was Richtiges sein kann, kann auch ich hier nur richtig sein.

Humor und Glauben ist das Thema des heutigen Abends. Was hat ein Kabarettist wie der Jonas mit Glauben zu tun, werden sich einige von Ihnen fragen. Dass er Humor hat, ist aufgrund seines Berufs anzunehmen. Obwohl es bestimmt Leute gibt, die sagen: »Ich war neulich in seiner Vorstellung, das hab ich gar nicht komisch gefunden.« Es gibt aber auch immer Leute im Publikum, die sich komisch vorkommen, weil sie nicht lachen können.

Um diese Humorphänomene aufzuklären, muss ich etwas weiter ausholen, ich muss Sie in meine Kindheit entführen:

Nach Passau. Ich bin in Passau aufgewachsen. Das allein müsste jetzt eigentlich schon genügen, um meine Kompetenz in Sachen Glauben unter Beweis zu stellen. In Passau aufwachsen, das ist die harte Schule des Katholizismus, das Bootcamp für Zweifler und Nichtgläubige. Wer dort länger lebt, der *muss* einfach gläubig werden. Ich wurde also hineingeboren in eine tief katholische, in eine gläubige Welt. Und katholisch zugerichtet.

Was den Humor dabei betrifft, fiel die Ausstattung etwas schmaler aus. Humor spielte in meiner Kindheit in Passau kaum eine Rolle. Spott schon, der Vater war Ostpreuße und evangelisch, die Mutter aus Niederbayern und erzkatholisch, das war damals nicht immer komisch, forderte aber Humor heraus.

Auch außerhalb der Familie gab es Persönlichkeiten, die durch ihr Verhalten Humor förderten. Ich erinnere mich noch gut an unseren Kaplan Hackl, der nicht nur mich später in der Volksschule, St. Nikola, an den Schläfenhaaren aus der Bank ziehen sollte, wenn ihm etwas nicht passte an unserem Verhalten als Schüler der Katholischen Knabenschule.

Als Ministrant diente ich unter Pfarrer F. X. Kufner, einem großen Humoristen vor dem Herrn, der mir eine nicht immer sanfte Hinführung zur theologischen Literatur ermöglichte und mich damit zu einem lesenden Gotteskind machte. Bei uns daheim in der Familie wurde kaum gelesen, und wenn, dann nur die *Passauer Neue Presse.* Den *Bayernkurier* haben wir auch bekommen, genauso wie das *Passauer Bistumsblatt,* aber das hat keiner gelesen. In das *Bistumsblatt* hab ich ab und zu reingeschaut, und ich glaube mich zu erinnern, dort Witze gelesen zu haben. Oder aber ich habe mich getäuscht und damals schon beim Lesen Fehler gemacht und gelacht, wo eigentlich kein Lachen beabsichtigt war. Überhaupt nicht gelacht habe ich allerdings, als ich gehört habe, dass ich Pfarrer werden soll.

So hat man gesagt, wenn einer Theologie studieren sollte. Ich sollte also Pfarrer werden. Der Prälat Sommer war von dieser Idee begeistert, ich nicht, aber der Prälat hat darauf bestanden und gemeint, ich soll in mich hineinhören, damit ich die Berufung nicht verpasse. Aber ich habe nichts gehört. Immer wieder hat der Prälat gefragt, ob ich schon was gehört hätte von ganz oben. Nein, hab ich gesagt, ich glaub, dass ich nicht berufen bin. Dann hat er es mit Bestechung probiert. Er hat mir fürs Ministrieren immer zwei Mark gegeben. Aber für zwei Mark hab ich mich nicht berufen gefühlt. Dann hat er mich eines Tages gefragt, was eigentlich los wäre mit mir, warum ich nicht will? Und dann hab ich gesagt, dass ich nicht in Schwarz rumlaufen mag. Ja mei, dann wirst halt Bischof oder Kardinal, dann darfst in Rot gehen.

Da hab ich auch nicht richtig gezogen, und dann

hat er seinen höchsten Trumpf ausgespielt: Wenn du Papst wirst, kannst in Weiß gehen. Ich hab die zwei Mark genommen und gesagt, dass ich mir das noch mal überlegen kann. Ich habe es mir ernsthaft überlegt. Irgendwann war ich so weit. Papst, jawohl, das könnte schön sein. Damals war Johannes XXIII. Papst, und wir sahen im Fernsehen, wie er in einer Sänfte auf den Schultern von bunt gewandeten Trägern in den Petersdom einzog. Er lächelte und segnete die Gläubigen zur Linken und zur Rechten. Palmwedel fächelten ihm Luft zu und die Gemeinde sang »Großer Gott, wir loben Dich«. Ich sah mich in der päpstlichen Sänfte sitzen, die Tiara auf dem unfehlbaren Haupt, die Huldigungen der Gläubigen entgegennehmend. In meiner Fantasie konnte ich mir das durchaus vorstellen. Wenn ich auch zugeben muss, kaum über päpstliche Tugenden verfügen zu können. Allein die Unfehlbarkeit läge mir. Es ist ja nichts daraus geworden, ich habe einem anderen Bayern den Vortritt gelassen. Immerhin ein Bayer, der genau wie ich aus der Diözese Passau stammt, denn sein Geburtsort Marktl am Inn gehört zur Diözese Passau.

Ich wollte wirklich Priester werden, was das Humoraufkommen in der Familie enorm anwachsen ließ. Es kam zu merkwürdigen Aktionen. Mein evangelischer Vater, immer zum Spott aufgelegt, imitierte bei der Brotzeit, während er einen schwarzen Presssack verzehrte, liturgische Gesänge, intonierte ein jämmerliches Halleluja, was meine katholische Mutter gar nicht komisch fand. Er besuchte die katholische Messe, um mich beim Ministrieren zu beobachten. Er wollte sich persönlich ein Bild machen, ob ich ein Talent zum Priester hätte. Ich hab ihn nicht überzeugt, denn er meinte: Pfarrer wirst du nie, da fehlt dir das Hirn! Das Hirn hat gerade ausgereicht, um mich als Kabarettist und Gotteslästerer zu profilieren.

Das war im Jahr 1975, als der Sigi Zimmerschied und ich ein Stück aufgeführt haben, das »Die Himmelskonferenz« hieß und dramaturgisch wie inhaltlich Anleihen nahm beim berühmten »Liebeskonzil« von Oskar Panizza. Bei dieser Konferenz im Himmel wurde auch Papst Paul VI. erwartet, der schließlich, als Letzter, verspätet dazustieß, weil die Vatikan-Air technische Probleme hatte beim Landeanflug auf dem himmlischen Flughafen. Die Konferenzteilnehmer besprachen wichtige Probleme.

Die Gottesmutter Maria war zum zweiten Mal schwanger und der Heilige Geist, leicht alkoholisiert, bestreitet jede Vaterschaft: »Ich war's nicht, diesmal suacht's euch einen anderen ...,«, lallt er.

Jesus raucht einen fetten Joint, spielt bekifft Songs von Bob Dylan auf der Gitarre und träumt von der revolutionären Befreiungstheologie Südamerikas. Gottvater sitzt resigniert auf seinem Thron und kann die Augen kaum offen halten vor Müdigkeit, der Alte hat nichts mehr zu sagen und lässt sich von dem alles bestimmenden und mächtigsten unter den Seinen, Petrus, den Mund verbieten ... die göttliche Familie ist nicht mehr ganz bei Trost, wie es scheint.

Wir spielten also das Stück in Passau vor etwa 250 Personen, die lauthals lachten. Manche lachten so laut, dass sie selber überrascht waren von ihrem Humor.

Der Abend war ein großer Erfolg. Wir waren glücklich. Und dann kam die Ernüchterung:

Wir wurden angezeigt wegen Religionsbeschimpfung und Verunglimpfung religiöser Gefühle.

Es gab Menschen, gute Katholiken selbstverständlich, die das Stück nicht gesehen, aber davon gehört hatten, und entsetzt waren, wegen der Späße, die hier mit dem Glauben getrieben wurden. Man hielt uns für Teufel, die ausgetrieben gehörten. Man fragte sich, wie es so weit kommen konnte mit uns, die wir doch alle Ministranten waren, am Altar groß geworden, in unseren Pfarreien von Kaplänen und Pfarrern zu guten Christen erzogen worden waren ...

Es wurde ermittelt. Nicht gegen die Pfarrer und Kapläne, die offenbar versagt hatten bei unserer Erziehung, nein, gegen uns! Wir wurden vorgeladen zum Staatsanwalt, Dr. Fuchs, und wir sollten unsere Schuld eingestehen. Und obwohl wir im Eingestehen von Schuld eigentlich gut ausgebildet waren, tat ich mich schwer damit.

Ich spüre noch heute die Angst, die mir in die Glieder gefahren war, als die Vorladung von der Staatsanwaltschaft kam. Meine Mutter hielt mir das Kuvert wortlos hin, mit einem finsteren Blick. Noch während ich das Schreiben las, bemerkte sie trocken: »Da kannst schaug'n, wia du da wieder rauskommst. Am End sperrn's di no ein! I woas net, i woas net, was das no werden soll mit dir.« Jammerte sie: »Ham mir denn ois foisch gmacht?«

Ich rief bei der Staatsanwaltschaft an und fragte, was passiert, wenn ich nicht käme.

»Dann lass ich Sie durch die Polizei vorführen!«

»Dann werde ich also mit dem Auto abgeholt?«, fragte ich kleinlaut, ohne Gespür für die Frechheit, die in meiner Frage lag.

Ich begab mich also freiwillig, ohne polizeiliche Vorführung, zur Staatsanwaltschaft, wo mich der Dr. Fuchs sehr freundlich in sein Amtszimmer bat.

»Was habt ihr euch denn dabei gedacht?«

»Ich sag nichts.«

»Sie müssen nichts sagen. Aber besser ist es schon, wenn Sie eine Aussage machen. Ich kann das Verfahren auch einstellen. Die Staatsanwaltschaft ermittelt, und wenn ich am Ende des Ermittlungsverfahrens zu dem Schluss komme, dass die Ergebnisse der Ermittlungen nicht ausreichen für eine Anklage, dann stelle ich das Verfahren ein, aber dazu müssen Sie eine Aussage machen.«

Ich verweigerte die Aussage. Und schließlich wurde das Verfahren eingestellt.

Ich habe dann auch gleich meine Beziehung zur katholischen Kirche eingestellt und bin nicht Pfarrer geworden.

Aus heutiger Sicht verdanke ich also der katholischen Kirche, dass aus mir ein Kabarettist geworden ist.

Aufgrund dieser Geschichten können Sie jetzt sicher nachvollziehen, dass ich sofort begeistert zugesagt habe, als mich der Präsident der Katholischen Akademie, Dr. Florian Schuller, gefragt hat, ob ich diesen Vortrag halten möchte.

Nach meiner bisherigen Erfahrung ließen sich Glaube und Humor nur sehr schwer miteinander vereinbaren. Aber ich wollte es genauer wissen. Gibt es vielleicht doch eine heimliche Verbindung von Humor und Glauben? Gibt es einen humorvollen Glauben, oder einen gläubigen Humor? Was ist überhaupt Humor? So leicht, wie ich zunächst dachte, diese Fragen beantworten zu können, so schwer fiel es mir, griffige Antworten zu finden. Also fing ich zu lesen an und tauchte immer tiefer in das Thema ein, bis meine Familie etwas humorlos fragte, ob es noch etwas anderes gäbe auf der Welt als diesen saudummen Vortrag? Momentan nicht, antwortete ich ebenso humorlos. Aber komisch war es schon, dass ich in meinem alten *Schott* aus den 50er-Jahren Episteln auf Lateinisch las und in der Bibel auf die Pirsch ging nach komischen Stellen. Es gibt einige davon.

Könnte man vielleicht sogar das Neue Testament insgesamt als parodistische Erzählung lesen auf eine Heilsgeschichte, die bei der Entstehung der Schrift im vorderasiatischen Raum kursierte und dafür den Anlass gab? Anspielungsreich ist die Bibel in jedem Fall. Ständig werden von den Autoren Bezüge zu anderen Stellen im Alten Testament hergestellt. Als Jesus 40 Tage in der Wüste fastet und der Teufel ihn reinlegen will, oder wie es korrekt heißen muss *versucht,* sagt er ziemlich hinterfotzig: »Wenn Du Gottes Sohn bist, so befiehl diesem Stein, dass er zu Brot wird!« Ich habe immer überlegt, warum der Teufel so blöd daherredet. Wenn er nämlich weiß, dass Jesus der Sohn Gottes ist, weiß er auch, dass er den Stein in Brot verwandeln könnte. Aber es scheint so zu sein, dass er es nicht weiß. Und Jesus weiß vielleicht auch noch nicht, dass er der Sohn Gottes ist. Vielleicht hat er keine Ahnung. Aber wenn er es ist, dann könnte er es auch zugeben. Macht er nicht. Stattdessen antwortet er: »Der Mensch lebt nicht vom Brot allein.«

Ich fand diese Antwort immer komisch. Und leider steht in der Bibel nichts darüber, wie der Teufel darauf reagiert hat. Vielleicht hat er ja gelacht. Spielt vielleicht Jesus mit seiner Bemerkung auf eine andere Stelle in der Schrift des Alten Testamentes an? Nämlich auf die Speisung des auserwählten Volkes mit Manna. Macht er vielleicht sogar eine kabarettistische Anspielung? Der Teufel kennt die Stelle bestimmt. Ich geh davon aus, dass er die Anspielung erkannt hat in dem Dialog mit Jesus. Ich bin sicher, die beiden haben sich auf hohem intellektuellem Niveau unterhalten. Und so wie die beiden miteinander reden, war das nicht der erste Small-Talk in der Wüste, den sie zusammen hatten.

Noch eine Stelle hat mich zum Lachen gebracht. Als Jesus seine Jünger rekrutiert, trifft er auf Philippus und sagt zu ihm: »Folge mir nach.« Und er folgt ihm ohne Widerrede nach. Sie kommen zu Nathanael, und Philippus stellt Jesus vor, als den Sohn Josefs aus Nazaret. Und Nathanael sagt zu Jesus: »Aus Nazaret? Kann von dort etwas Gutes kommen?« Zweifellos eine Pointe. Das ist genauso, als wenn jemand heute sagt: Ich komme aus Passau. Und es reagiert einer darauf, indem er sagt: Ach du liebe Güte, kann aus Passau etwas Gutes kommen? Nazaret war vermutlich ein grauenvolles Kaff, das einen üblen Ruf hatte in Judäa und Umgebung.

Aber auch wenn man darüber nicht lachen kann, komisch ist es schon. Oder? – Vielleicht nicht für jeden. Braucht man eventuell einen besonderen Humor, um diese Szenen komisch zu finden?

Humor ist die Basis für Komik, wer Humor empfinden kann, findet etwas komisch. Wenn er lacht, dann *muss* er lachen, er kann gar nicht anders. Der Lacher ist die körperliche Reaktion auf die Komik. Der Witz entsteht im Geist und braucht Esprit und Scharfsinn, damit die Pointe sitzt. Der Witz ist eine Verstandesangelegenheit. Humor ist eine Sache des Gefühls, eine philosophische Grundhaltung. Der Verstand hat darin seinen festen Platz. Verstand ohne Humor geht, aber Humor ohne Verstand geht nicht!

Machen wir mal ein Beispiel. Ich erzähle Ihnen einen Witz: Mal schauen, ob Sie darüber lachen können:

Der Oberrabbiner steht am frühen Morgen des Shabbat auf, öffnet die Tür zum Balkon von seinem Hotelzimmer und sieht, es ist ein wunderbarer, sonniger Tag. Vor dem Hotel ist ein großartiger Golfplatz, und der Rabbiner denkt sich, ich könnte ja schnell eine Runde Golf spielen, sieht ja keiner. Er macht sich also auf die Socken. Oben im Himmel sieht das Petrus, der geht sofort zum Herrn und meldet das Vergehen des Rabbiners …

Einen Witz von vergleichbarer Qualität habe ich bei den Katholiken leider nicht gefunden. Es gibt sehr viele. Harmlose und weniger harmlose, und es gibt auch richtig scharfe.

Jesus und die Ehebrecherin. Sie soll gesteinigt werden, da tritt Jesus vor die Menge und sagt: »Wer von euch ohne Sünde ist, der werfe den ersten Stein!« Da kommt ein riesiger Wacker geflogen und trifft die Frau am Kopf. Jesus dreht sich um und sagt: »Weißt du, manchmal kotzt du mich echt an, Mutter!«

Wer jetzt gelacht hat, der hat Humor, wer nicht lachen konnte, hat vermutlich keinen Humor. Ganz so einfach ist das auch wieder nicht. Kann so ein Witz vielleicht sogar religiöse Gefühle verletzen?

Wir müssen klären, was wir unter Humor verstehen wollen.

Um dem Humor also auf die Spur zu kommen, habe ich, wie ich das als Studienabbrecher an der Uni gelernt habe, erst mal ein Lexikon zur Hand genommen, um mir einen ersten Überblick zu verschaffen. Dabei stieß ich unter anderem auf die Theologische Realenzyklopädie und muss sagen, da wird der interessierte Humorforscher gut versorgt.

»Humor ist Laune als Talent und affektierter Charakter«, steht da zur Wortbedeutung und Begriffsbildung. Da staunt der interessierte Laie und wundert sich.

Humor bedeutet ursprünglich *Feuchte, Flüssigkeit.* Der Begriff erfuhr über die Jahrhunderte einen Bedeutungswandel, er ist irgendwann trockengelegt worden. Mit der Zeit haben die Leute angefangen, etwas anderes unter Humor zu verstehen, nämlich so etwas wie Temperament, Neigung, Laune. Für

Goethe ist Humor Gemütsverfassung und -veranlagung und Gemütsbewegung.

Kant zum Beispiel, der alte Ostpreuße, kann es nicht lassen, er definiert als Erster den Humor und bestimmt, was darunter zu verstehen ist. Er unterscheidet launische Sinnesart und launisches Talent. Und er fährt fort: »... jene ist eine Disposition zu Anwandlungen eines Subjects zur Freude oder Traurigkeit ... von denen dieses sich selbst keinen Grund angeben kann und die vornehmlich des Hypochondristen anhängt. Sie ist von dem launischen Talent ganz unterschieden, welches durch die absichtlich verkehrte Stellung, in die der witzige Kopf die Gegenstände setzt (gleichsam sie auf den Kopf stellt), mit schalkhafter Einfalt dem Zuhörer oder Leser das Vergnügen macht, sie selbst zurecht zu stellen.«

Jaaa, das sagt Kant. Das will ich jetzt mal so stehen lassen. Oder wollen Sie erst mal darüber nachdenken? Also alles kann ich Ihnen in diesem Vortrag nicht erklären, da müssen Sie eben zu Hause was nachlesen, oder noch besser, nacharbeiten.

Und dann endlich – von mir mit großer Freude zur Kenntnis genommen – habe ich auch einen bayerischen Denker und Dichter gefunden, der die Ästhetik des Humors sehr umfassend dargestellt hat. In seiner noch heute maßgeblichen und für alle Humor-Interessierten zu empfehlenden *Vorschule der Ästhetik* hat Jean Paul Richter eine philologische

Marke gesetzt, an der keiner vorbeikommt, der sich ernsthaft mit dem Thema befassen will. Mit großem Bedauern habe ich allerdings festgestellt, dass Johannes Paul sich hinreißen ließ, seine Überlegungen zum Humor – ganz unbayerisch – in insgesamt 55 Paragrafen festzuhalten. Vielleicht mit der Absicht, deutsche Juristen für das Thema zu gewinnen. Was ihm aber nicht gelungen ist, weil von denen bis heute eine umfassende Arbeit zum Humor nicht einmal ansatzweise vorliegt. Vielleicht aber wählte der Paul die Paragrafenform auch nur, um damit ein humoristisch-satirisches Signal im romantischen Deutschland Anfang des 19. Jahrhunderts zu setzen.

Der § 33 der Paul'schen Vorschule der Ästhetik ist überschrieben: *Die vernichtende oder unendliche Idee des Humors.*

»Der Humor, indem er das Endliche durch den Kontrast mit der Idee vernichtet, offenbart die Torheit der Welt, ›erniedrigt das Große‹ und ›erhöhet das Kleine‹.«

»Der Humor, als das umgekehrt Erhabene, vernichtet nicht das Einzelne, sondern das Endliche durch den Kontrast mit der Idee.«

Ich habe es geahnt, dass Sie diese treffende Definition ohne Schmunzeln zur Kenntnis nehmen. Das macht sprachlos, wenn man so klar Formuliertes serviert bekommt, gell?

Vielleicht verstehen wir Pauls Gedanken besser,

wenn wir bedenken, dass Jean Paul lange Zeit seines Lebens in Wunsiedel verbringen musste und wöchentlich Ausschau hielt nach dem Bierwagen, der aus Kulmbach kommen sollte und sich wohl des Öfteren verspätetet hat. Beim Warten, auf den Sims seines Fensters gelehnt, sind ihm wohl solche schönen Sätze gelungen.

Was will er uns damit sagen? Er will damit sagen, dass es nichts Einzelnes gibt für den Humor, keine Torheiten, keine einzelnen Toren, es gibt nur Torheit, und die Welt ist voller Torheit. Der Humor weiß, dass es in der Summe viele einzelne Dummheiten in allen Bereichen des menschlichen Lebens gibt, aber auch in den Dingen, mit denen sich die Menschen abgeben, im Denken, in den Gegenständen, mit denen sich das menschliche Denken beschäftigt, überall ist generell nur Torheit. Einen Humormenschen interessiert die einzelne Narrheit nicht – er ist so weit in seiner Weisheit fortgeschritten, dass er die Torheit der Welt erkannt hat und diese Welt in den Kontrast setzt zur Unendlichkeit – zur Idee, zu der im Abgleich mit der Endlichkeit der Welt »alles gleich ist und nichts«.

Was bedeutet das nun in Bezug auf unsere Glaubenstätigkeiten hier in dieser weltlichen Endlichkeit? Wenn wir Jean Paul folgen, dann müssen wir auch den Glauben und die Summe *aller* Gläubigen (weil das Einzelne den Humor nicht interessiert) in die

Torheit mit einbeziehen. Um es klar zu sagen: Der Glaube ist auch Gegenstand des Humors! Und wird in seiner Endlichkeit im Kontrast mit dem Unendlichen seiner gerechten Lächerlichkeit zugeführt (gemäß § 32 ff. J. Paul, »Vorschule der Ästhetik«).

Mit seiner »Vorschule der Ästhetik« hat der Paul natürlich aufhorchen lassen. So auch einen gewissen Karl Wilhelm Ferdinand Solger, ein Gelehrter, der in Sachsen und Berlin Professor war für Jura und Philosophie – nicht alt geworden der Mann (1780–1819). Der sagt:

»Im Humor geht die Idee in die Wirklichkeit als Wirklichkeit über, und zwar im Gefühl eines Mangels, das Sehnsucht ist.«

Humor wird von Solger als Ideenumwandler gesehen, dem Humor wird eine Kraft zugemessen, eine Fiktion real werden zu lassen. Und zwar manifestiert sich im Humor ein Gefühl des Mangels, also das, was abgeht beziehungsweise fehlt, und dadurch kommt es vermutlich zu einer Überlagerung des Mangels mit Sehnsucht; der Humor sehnt sich nach Aufhebung des Mangels.

Der Solger hat den Paul auch gelesen, er sagt im Grunde genommen das Gleiche, aber anders, leider nicht so unverständlich wie der Paul.

Weiter meint er:

»Die Sehnsucht nach dem Ewigen, nach der Idee muss daher dem Humor immer inne beiwohnen.«

Also: Wer Sehnsucht nach dem Ewigen hat und sich dabei komisch vorkommt, hat Humor.

Der aufmerksame Humorfreund kann beim Lesen solcher Erkenntnisse schon leicht religiöse Anklänge ausmachen. Humor fällt bei Solger auf ehrfürchtigen Boden. Solger stellt auch das Vergleichen ins Zentrum seiner Theorie. Humor kontrastiert die ewige Idee mit der endlichen Wirklichkeit. Das hat Paul aus Wunsiedel auch schon festgestellt. Wer weiß, auf was für einen Bierwagen der Solger gewartet hat?

Der Glaube an die Idee muss dem Humor beiwohnen. Das heißt, Atheisten, die an nichts glauben, können keinen Humor haben, ihnen bleibt nur der Zynismus.

Um die Theorie ein wenig aufzulockern, habe ich jetzt noch einen Witz für Sie, den mir ein Protestant, Dieter Hildebrandt, erzählt hat.

Jesus wird, nachdem er verhöhnt wurde als König der Juden mit Dornenkrone auf dem blutigen Haupt, zu Pilatus geführt. Der fragt ihn: Du bist Jesus, sag mir, bist du der Sohn Gottes? Und Jesus antwortet: Nageln Sie mich da drauf bitte nicht fest.

Ist dieser Witz zynisch? Darf man darüber lachen? Man darf. Jeder ist ja für sein Lachen selber verantwortlich. Ich kann aber auch verstehen, wenn Gläubige darüber nicht lachen können.

Gläubige befinden sich immer im Zustand »dramatischer Ironie«. Das ist ein Begriff aus der Dramentheorie. Man versteht darunter ironische Widersprüche, die sich aus der Überlagerung von äußerem und innerem Kommunikationssystem ergeben. Dramatische Ironie verweist in einem Theaterstück auf den Zusammenhang von innerem und äußerem Kommunikationssystem. Aha, werden Sie jetzt sagen, klingt ziemlich geschwollen, was will er uns damit sagen? Was hat es damit auf sich?

Ich will es mal an einem ganz einfachen Beispiel versuchen zu erklären. Jeder von uns war schon mal in einem Kasperltheater. Wenn der Kasperl in Gefahr ist, weil sich das Krokodil von hinten nähert, dann schreien die Kinder: Kasperl, pass auf!

Die Kinder befinden sich im äußeren Kommunikationssystem, der Kasperl und das Krokodil im inneren.

Im inneren Kommunikationssystem wissen die handelnden Figuren nicht immer über die Gesamtheit der Handlung und den Fortgang des Dramas Bescheid. Da gibt es Täuschungen, Lügen, Intrigen, da wird hintenrum geredet über Abwesende. Die sichtbaren Figuren wissen nicht genau, was die unsichtbaren, die abwesenden, über sie denken und sagen, und handeln entsprechend. Das bedeutet, die Figuren im inneren Kommunikationssystem sind nicht immer ausreichend informiert über das, was sie angeht, und das, was sie nichts angeht.

Die Zuschauer hingegen befinden sich im äußeren Kommunikationssystem und wissen über alles, was geschieht, Bescheid. Drum warnen die Kinder den Kasperl. Kinder vergessen während des Stückes, dass sie im Theater sind. Sie werden Teil des Geschehens, erfahren sich als Beteiligte, weil sie glauben, das, was auf der Bühne passiert, ist wahr.

Halbwegs normale Zuschauer verhalten sich im Theater anders. Sie wissen, was gespielt wird, gehen aber trotzdem im Geschehen mit. Der erwachsene Zuschauer weiß, dass er sich im Theater befindet und Mackie Messer nicht wirklich aufgehängt wird.

In der Interferenz des äußeren und des inneren Kommunikationssystems ergeben sich für den Zuschauer dramatisch-ironische Sequenzen.

So, und nun übertragen wir dieses Theaterprinzip, das wir eben am Beispiel des Kasperltheaters erläutert haben, auf die Bibel.

Als Jesus seinem Jünger Petrus prophezeit, dass er ihn verraten wird, noch ehe der Hahn dreimal gekräht haben wird, wissen wir als gläubige Zuschauer doch bereits, wie die Geschichte weitergeht, und können schon mal wissend anfangen zu lachen. Als gläubige Christen werden wir aber nicht lachen, sondern wissend nicken, weil sich erfüllt, was geschrieben steht.

Dieses Kommunikationssystem der *dramatischen Ironie* auf die Bibel bezogen, bedeutet: Der Gläubige ist Teil des Stückes und weiß von Anfang an, wie es ausgeht, weil er an das Ende glaubt. Er weiß, was am dritten Tag nach der Kreuzigung des Gottessohnes passieren wird, und er weiß, was am Jüngsten Tag los sein wird. Er kann nicht aus seinem Glauben herausgehen wie aus einem Theaterstück. Das Ende des Stückes betrifft ihn unmittelbar. Alles, was in diesem Leidensstück des Herrn gespielt wird, erkennt der Gläubige nicht als Stück, sondern als Wahrheit. Wenn ich etwas als wahr erkannt habe, fällt es mir schwer, mich humorvoll davon zu distanzieren, weil die humorvolle Distanz das Stück als Ganzes infrage stellt. Wer lacht schon über die letzten Wahrheiten? Außer er hält sie für komisch.

Gläubige befinden sich in einer ähnlichen Lage wie die Kinder im Kasperltheater. Was sich vor ihren Augen abspielt, halten sie für wahr. Nur müssen Gläubige Jesus nicht vor den Gefahren warnen, denn genau diese Gefahren müssen sich ja erfüllen, damit die Welt erlöst wird.

Gläubige Rezipienten des Evangeliums verfügen über mehr »Informationen« als die handelnden Figuren in der Leidensgeschichte des Herrn. Weil sie von vornherein wissen, wie die Geschichte ausgeht und wie sie für sie selber als Gläubige ausgehen soll, ja muss, bekommt das Geschehen im Evangelium eine Zusatzbedeutung. Wenn man das Konzept der dramatischen Ironie konsequent auf das Evangelium überträgt, so kann man in der Leidensgeschichte des Herrn von einer sich erfüllenden Ironie sprechen, von zielorientierter Ironie des Neuen Testaments. Die Wirkung von prophetischer Ironie entsteht, weil gläubige Christen die Bibel nicht nur als Geschichte lesen, sondern als wahre Geschichte ihres Erlösers.

Gläubige wissen nicht mehr, sondern *glauben* mehr! Haben also einen Zustand überlegener Gläubigkeit erlangt, indem sie, wie führende Theologen sagen, einen »vernünftigen Glauben« praktizieren können. Gläubige wissen um die Konsequenzen für die handelnden Personen in der Jesus-Geschichte. Alles muss so geschehen, wie es geschieht, damit sich die Weissagungen erfüllen. Gläubige kennen das Endziel der Geschichte und interpretieren die Handlung im Hinblick auf das Ende.

Nach all dem, was wir jetzt über den Zustand glaubender Gläubiger in Erfahrung bringen konnten, müssen wir uns fragen, ob und wenn wie Humor und Glauben überhaupt noch miteinander versöhnt werden können.

Auf dem Weg dahin habe ich kurz bei G. W. F. Hegel vorbeigeschaut. In der Hoffnung, dort eine begehbare Verbindung für die beiden Felder aufzutun. Hegel ist immer eine echte Herausforderung für jeden Geistesmenschen, egal ob gläubig oder ungläubig. Wir nähern uns einem echten Höhepunkt des Humors: Georg Wilhelm Friedrich Hegel. Wir kennen ihn alle, wir schätzen ihn als den Denker des »reinen Begriffs« im »absoluten Bewusstsein«.

Ich gehe davon aus, dass Sie, das Auditorium des heutigen Vortrags, dass Sie ihn alle draufhaben. Deshalb glaube ich, einiges voraussetzen zu dürfen. Ich kann mich heute Abend auf das Wesentliche beschränken, auf den Hegel'schen Kern: Das absolute Bewusstsein. Wie wir alle wissen, wird bei Hegel alles aufgehoben im absoluten Bewusstsein. Selbstverständlich auch der Humor, und zwar durch die Dialektik der Erfahrung, in der wir die Gegensätze, die uns von überall her bedrängen, erfahren. Der sinnlichen Erfahrung steht die geistige Erfahrung gegenüber und der affektiven Erfahrung die begriffliche Erfahrung. Und der Erfahrung der Endlichkeit die Erfahrung der Unendlichkeit. Und alle diese Gegensätze werden im Bewusstsein in die Aufhebung gedacht, und zwar durch »Umkehrung des Bewusstseins«. Ich bin sicher, dass diese Umkehrung des Bewusstseins ohne Humor nicht zu leisten ist.

Wir müssen uns das Bewusstsein vorstellen wie einen Pullover, den wir beidseitig tragen können. Und Hegel schafft es, auf diese Weise das »Verhältnis von Identität und Differenz« aufzuheben. Und wo? Im absoluten Bewusstsein.

Ich sage Ihnen, das hört sich komisch an, es ist aber nicht zum Lachen. Für den Humor bedeutet das im absoluten Bewusstsein das endgültige Aus.

Da der Humor nur so lange Dienst tun kann, solange es die Dialektik der Gegensätze gibt, kann Humor nur eine Brennstufe im Bewusstsein sein, die abgeworfen wird, sobald die Hegel'sche Trägerrakete, durch die treibende Kraft der Dialektik, die Bewusstseinskapsel in immer höhere Sphären hebt, bis sie schließlich im absoluten Bewusstsein niedergeht, wo es dann nichts mehr zu lachen gibt. Bei Hegel wird Humor »überwunden« und schließlich überflüssig, weil im absoluten Bewusstsein die Gegensätze aufgehoben sind. Hegel entzieht dem Humor die Grundlage.

Ich gestehe, dass ich meine Hegelstudien hier abgebrochen habe, weil ich Angst hatte, meine Identität in der Dialektik aufheben zu müssen. Ich hatte überhaupt keine Lust, mich aufzuheben, schon gar nicht im absoluten Bewusstsein. Als ich nicht mehr gewusst habe, wo mir der Kopf steht, und ich zeitweise das Gefühl hatte, mit den Füßen zu denken und mit dem Kopf zu gehen, habe ich mich auf mein Differenzvermögen besonnen und gesagt: Das bin ich und das ist der Hegel und diese Differenz will ich nicht aufheben. Das hat mir als Erkenntnis gelangt.

Ich habe mich entschlossen, meine Humorstudien an anderer Stelle weiterzubetreiben, weil mir beim Hegel das Lachen vergangen ist.

Einer, der über Hegel auch nicht lachen konnte,

war Kierkegaard. Aber nach allem, was ich über Kierkegaard gelesen habe, hat der überhaupt nicht gelacht. Die Autoren der Theologischen Realenzyklopädie sind der Meinung, dass Kierkegaard »die Richtung des Humors vom Unendlichen auf das Wiedergewinnen einer neuen Endlichkeit lenkt«. Endlich wieder einer, der den Humor von oben aus dem confinium (mein Gott, ist das schön, wenn man mit seinem Latein glänzen kann!) als dem Grenzgebiet des Himmels herunterholt in die Wirklichkeit, um ihn zu erden und in der Vergänglichkeit der Welt zu verankern. Der Humor fährt also aus dem Himmel nieder auf die Erde. Und es wird auch gleich klar, warum. Kierkegaard sagt: »Die Kategorie vor Gott ist der Ernst, vor dem sich der Humor ausweichend verhält.« Aha! Deshalb lehnt er ihn ab. Da trifft er sich mit Plato, der in seinen Schriften zu ganz ähnlichen Erkenntnissen gelangt. Wie überhaupt die alten Griechen, Plato und seine Buben, sehr ernst waren und die humoristische Empfindung so weit wie möglich vermieden haben.

Kierkegaard beurteilt den Humor negativ, weil er seiner Ansicht nach glaubensfremd ist, weil er Distanz herstellt, wo Nähe gefordert wird, weil er dem Glauben ausweicht. Da haben wir es doch schon wieder.

In der Nähe des Unendlichen Gottes ist Humor nicht angebracht. Dieser Bereich wird humorfrei gehalten, ähnlich wie bei Hegel. Humor braucht es nicht, weil ja alle Gegensätze aufgehoben sind.

Im Endlichen dagegen kann der Mensch mit Humor operieren. Da lacht auch der Philosoph quasi von einer höheren Warte aus (vielleicht sogar zusammen mit Gott?) über die kleinen Menschlein, die Mängelwesen, die einfach noch nicht so weit sind, auf Humor verzichten zu können.

So gesehen, bin ich gern ein Mängelwesen, wenn es darum geht, den Dingen humorvoll auf den Grund zu gehen. Es soll Bischöfe geben, die haben schon Probleme damit, wesentlich einfachere Zusammenhänge auf die Reihe zu kriegen. In Köln soll beispielsweise einer sitzen, der Katholiken und Muslimen nicht zusammen beten lassen will.

Und in Regensburg haben wir einen, der ganz andere Probleme hat, aber weiß, dass er im Recht ist. Und wenn man die Beschlüsse des Konzils von Konstantinopel 869 berücksichtigt, dann liegt der Müller in jedem Fall richtig. Denn seit 869 versagt die römisch-katholische Kirche den Menschen die autonome Teilhabe am Geistigen.

Die Reduzierung des Menschen auf die Dichotomie eines Wesens aus Leib und Seele von 869 hat zur Trennung der Orthodoxie geführt. Die Orthodoxen gehen von der Trichotomie des Menschen aus, was Leib, Geist und Seele angeht. (Ich habe dies einem Leserbrief in der *FAZ* am 26. 1. 07 entnommen.)

Also, die Orthodoxen gestehen allen Menschen neben Leib und Seele auch den autonomen Geist zu. Während die offizielle Lehrmeinung der heiligen römisch-katholischen Kirche in Rom den Menschen »die unabhängige Teilhabe am Geist Gottes nicht zutraut«. Die Kirche in Rom ist der Ansicht, dass die autonome Teilhabe am Geistigen nur mit dem Papst zusammen geht, und mit den Kardinälen und Bischöfen – aber der Fall Müller zeigt, dass es nicht bei allen Bischöfen mit der Teilhabe am Geistigen klappt.

In diesem Fall dürfen wir uns mit der christlichen Weltsicht trösten: Die Welt ist ein Jammertal! Da gibt es nichts zu lachen, die Welt ist eine ernste Angelegenheit. Das Christentum ist eine Religion des Leidens, die das Leiden ins Zentrum ihres Glaubens stellt, ist eine Religion der Schwachen, die Trost finden im Glauben, dass nach dem Tod im Paradies der totale Wohlstand nicht mehr aufhört. Darum gibt es im Paradies keinen Humor, denn im Paradies besteht kein Anlass zum Lachen. Es sei denn, das Erkenntnisverbot wird wieder eingeführt. Könnte sein, dass da wieder mittendrin ein Baum steht, von dem wir nicht essen dürfen. Wenn Gott Humor hat, hängt er diesmal ein Schild dran, auf dem steht: Diesen Hinweis bitte nicht beachten.

Wer aus dem Paradies vertrieben wurde und im Schweiße seines Angesichts sein Leben zubringen muss, der hat wenig Grund zum Lachen. »Das Lachen ist die Schwäche, die Hinfälligkeit und Verderbtheit unseres Fleisches.« In Umberto Ecos *Der Name der Rose* sagt das der Abt Jorge, der das Buch vom Philosophen verschwinden hat lassen. (Gemeint ist Aristoteles' Schrift »Über die Komödie«.)

Umberto Eco hat in seinem Roman eindrucksvoll dargestellt, welch gefährliche Dimension die Kirche dem Lachen zugemessen hat.

Aber: Verlangt nicht grade die Ausweglosigkeit nach seelischer Entlastung, nach einem Ausweg, den Kummer loszuwerden? Sind vielleicht Humor und Glauben zwei Optionen ein und derselben Strategie, mit dem ganzen Schlamassel in dieser Welt irgendwie fertig zu werden? Humor und Glauben zwei Möglichkeiten, um sich seelische Erleichterung zu verschaffen?

Humor braucht einen Anlass, eine existenzielle Notlage, um sich entfalten zu können. Die Notlage ist die des Gläubigen im Diesseits mit der Hoffnung auf ein Jenseits, die er mit Humor ertragen kann. Humor ist also eine Option im Glauben, um in der aufgeklärten Unwissenheit als Gläubiger den Mangel an Gewissheit in der selbstverschuldeten Gläubigkeit ertragen zu können.

In einem weiter gefassten Bedeutungssinn liegen Humor und Glauben als gleichberechtigte Optionen vor uns, um in der letzten Gewissheit des Zweifels eine Transzendenzrelation aufrechterhalten zu können.

Gelacht wird vor allem, weil der Mensch etwas nicht glauben kann. Im Zweifel gedeiht der Lacher.

Das zeigt sich in einer für Niederbayern typischen Weltsicht. Der Niederbayer ist ein skeptischer Menschenschlag. Es gibt sogar Leute, die behaupten, die Niederbayern wären in der Seele agnostisch gefärbt. Wir können das in diesem Rahmen nicht endgültig klären. Wir können nur ein paar Hinweise geben. Der Niederbayer bevorzugt in seiner sprachlichen Ausdrucksweise die Möglichkeitsform. Er spricht aus, was möglich wäre, was angenommen und gedacht sein könnte. Er bezweifelt alles, legt sich nicht fest, er lebt im Irrealis.

Wenn du einen Niederbayern fragst:

»Wos dadsd denn du sogn, wenn i di frogn dad, ob du morgen Zeit hättst?«

»Dad i sogn, do kannt ma drüber reden ...«

»Dann dad i sogn, morgn um zwoa.«

»Des kannt hihaun.«

So wird sich etwas ausgemacht.

Jetzt ist der eine da und erwartet den anderen. Dann sagt der zu dem, der schon da ist: »Ich wär jetzt da.« Darauf sagt der andere: »Zeit wär's.« Das ist der Irrealis. Wenn der Niederbayer kommt, sagt er nicht, dass er da ist, sondern dass er da wär. Heißt nichts anderes als: »Kannt sei, dass i da bin«, beziehungsweise, »kannt auch sei, dass i glei wieder weg bin.« Das heißt, der Niederbayer ist sich selber gar nicht sicher, ob er da ist, er glaubt nur, da sein zu können. Er weiß es nicht. Er ist sich seiner irdischen Existenz nicht sicher. Er lebt in der Vermutung. Er zweifelt.

Hört der Niederbayer etwas Unglaubliches (was es für ihn nicht gibt, weil der Niederbayer grundsätzlich alles glaubt) – falls ihm aber doch einmal etwas Unglaubliches zugetragen wird, also etwas unglaublich scheint, so sagt der Niederbayer: »Glei glaub i's.« Nur wer nichts weiß, kann glauben. Das weiß der Niederbayer.

Drum mag der Niederbayer viel überhaupt nicht wissen, weil er weiß, je mehr er weiß, desto weniger kann er glauben. Diese Bereitschaft ist nicht auf Niederbayern begrenzt, sondern erfreut sich unter Gläubigen weltweit großer Beliebtheit.

Beispiel:

Von den Knöchelchen jenes Hahns, der dreimal gekräht haben soll, nachdem Petrus Jesus dreimal verraten hatte, soll es doch ziemlich viele geben. Entweder war der Hahn ein anatomisches Wunder oder es waren doch mehrere. Von der Vorhaut des Herrn hingegen existieren momentan 13 Exemplare, um den Gläubigen eine Gelegenheit zum Niederknien anzubieten.

Wir alle haben immer staunend und in froher Erwartung die Augen aufgerissen und uns in einem Zustand gesteigerter Aufmerksamkeit wiedergefunden, wenn man uns in den Medien die neuesten Untersuchungsergebnisse über die Echtheit des Turiner Grabtuchs oder das Schweißtuch der heiligen Veronika präsentierte. Scharen von Wissenschaftlern haben die Tücher unter die Lupe genommen, haben mit neuesten Methoden geforscht, was das Zeug hergegeben hat, und kamen zu dem Ergebnis, dass sie nichts Genaues sagen können, weder über die Echtheit der Reliquien noch über das genaue Alter der Tücher. Gott sei Dank! Auf diese Weise bleibt alles offen und jeder darf weiterhin glauben, was er will.

Die Hähne, die Vorhäute des Herrn, die Schweißtücher und Grabtücher kann man als Reliquien ernsthaft verehren, man kann sie aber auch mit Humor betrachten.

Wer in der Lage ist, Humor in seinem Glauben zuzulassen, findet einigen Anlass zum Lachen. Auch in der Bibel selbst muss man nicht lange suchen, um Anzeichen von Humor zu entdecken, man muss sie nur richtig lesen.

Eine Geschichte erzähl ich Ihnen, die ich von klein auf immer wieder gehört und als Erwachsener im Original gelesen habe. Es ist irgendwie auch meine Geschichte geworden!

Der Herr schickte Jonas nach Ninive, um dort zu »predigen wider sie, denn ihre Bosheit ist vor mich gekommen«. Aber Jonas hatte keinen Bock, diesen Auftrag auszuführen. Es war ein klarer Fall von Befehlsverweigerung. Er wollte sich der Aufgabe entziehen. Vielleicht weil er geahnt hat, dass die Geschichte für ihn ziemlich blamabel endet. Er will übers Meer fliehen und besteigt ein Schiff. Und was macht der Herr? »Da ließ der Herr einen großen Wind aufs Meer kommen, und es erhob sich ein großes Ungewitter, dass man meinte, das Schiff würde zerbrechen …«

Die Seeleute werfen die Ladung über Bord, um das Schiff leichter zu machen. Aber der Sturm hört nicht auf. Jonas kriegt von alle dem nichts mit, weil er unten im Schiffsbauch liegt und pennt. Aber die Besatzung findet ihn schlafend und stellt ihn zur Rede, woraufhin sie Jonas über Bord werfen, und das Meer beruhigt sich. Der Herr aber schickt einen großen Fisch, der den Jonas verschluckt, und er verbringt drei Tage und drei Nächte im Bauch des Seeungeheuers. Und dann war er so weit, er flehte um Gnade, und der Herr erhörte ihn und der Fisch spie ihn an Land, an den Strand von Ninive. Und es geschah das Wort des Herrn zum zweiten Mal. (Ist bei mir ganz genauso. Mir muss man auch alles zweimal sagen. Ich halte mich an die Schrift.)

O. k., Jonas ging also in die große Stadt Ninive und predigte. Passt mal auf, wird er gesagt haben, und dann macht der Jonas einen Riesenfehler, er hält sich nicht an die alte Prophetenregel, niemals eine genau Zeitangabe für seine Voraussagen zu machen. Er wollte es vielleicht allen Propheten mal zeigen und sagt: »Es sind noch 40 Tage, so wird Ninive untergehen.« Wahrscheinlich hat er's gleich gemerkt, aber wie das so ist, wenn eine Info mal in der Welt ist, verbreitet sie sich rasend schnell und ist nicht mehr zurückzuholen. Ein Dementi wäre auch nicht hilfreich gewesen, das hätte seine Glaubwürdigkeit enorm geschwächt. Ein Prophet sagt heute so und morgen so, der weiß nicht, was er will. Also blieb es bei der exakten Vorhersage des Untergangs von Ninive in 40 Tagen. Kann man sich vorstellen, was da los war in Ninive. Panik.

»Und da glaubten die Leute von Ninive an Gott und ließen ein Fasten ausrufen und zogen alle, groß und klein, den Sack zur Buße an.« Auch der König ließ sich den Sack kommen und setzte sich in die Asche. Also ganz Ninive ging in Sack und Asche. Und jetzt die Reaktion des Herrn darauf.

»Als aber Gott ihr Tun sah, wie sie sich bekehrten von ihrem bösen Wege, reute ihn das Übel, das er ihnen angekündigt hatte, und tat's nicht.«

Fällt seinem Mitarbeiter Jonas einfach in den Rücken. Der war sauer. Klar, wie stand der nun da? Sein Ruf als Prophet war praktisch ruiniert. Der Jonas kam sich verarscht vor. Im Buch Jonas steht dazu Folgendes:

»Das aber verdross Jona sehr, und er ward zornig. Und betete zum Herrn und sprach: ›Ach Herr, das ist's ja, was ich dachte, als ich noch in meinem Land war, weshalb ich auch eilends nach Tarsis fliehen wollte, denn ich wusste, dass Du gnädig, barmherzig, langmütig und von großer Güte bist und lässt Dich des Übels gereuen. So nimm nun, Herr, meine Seele von mir, denn ich möchte lieber tot sein als leben.‹«

Der Jonas war fix und fertig. Als Prophet war er erledigt und zwar ein für alle Mal für alle Zeiten. Auf falsche Prophetie stand damals sogar die Todesstrafe. Wurde damals ganz hart geahndet. Jonas zieht aus der Stadt hinaus und lässt sich östlich der Stadt nieder in einer Hütte und wartet ab.

Gott der Herr lässt eine Staude wachsen, einen Rizinusstrauch, der ihm Schatten spende und ihn in seinem Unmut helfe. Und Jonas freut sich. Grade noch wollte er sterben und jetzt freut er sich schon wieder. Er litt wohl unter starken Gefühlsschwankungen.

Und am nächsten Morgen ließ Gott einen Wurm kommen, der die Staude stach, heißt es, dass sie verdorrte.

Gott kann schon auch ein Spaßvogel sein, gell. Als dann der Morgen anbrach, schickte er einen heißen Ostwind, und die Sonne stach Jonas auf den Kopf, dass er matt wurde. Klare Diagnose: Sonnenstich. Und wie reagiert der Jonas? Er wünscht sich schon wieder zu sterben.

Und jetzt sagt der Herr zu ihm: »Meinst du, dass du mit Recht zürnst, um der Staude willen?«

Und Jonas trotzig: »Mit Recht zürne ich bis an den Tod.« (Er übertreibt immer ein bisschen, gell!)

Und der Herr sprach: »Dich jammert die Staude, um die du dich nicht gemüht hast, hast sie auch nicht aufgezogen, die in einer Nacht ward und in einer Nacht verdarb, und mich sollte nicht jammern Ninive, eine so große Stadt, in der mehr als 120 000 Menschen sind, die nicht wissen, was rechts und links ist, dazu auch viele Tiere?«

Danach sagt der Jonas nichts mehr und der Herr auch nichts mehr.

Wir wissen nicht, ob die zwei sich je wieder unterhalten haben, ob der Jonas seinen Prophetenjob aufgegeben hat, wahrscheinlich schon, der wird die Schnauze voll gehabt haben.

Sie sehen, wenn man die Geschichte so erzählt, ist sie in jedem Fall komisch.

Für mich, als aktuellen Jonas, lautet die Botschaft aus dem Buch Jonas: Niemand kann sich einer Aufgabe entziehen, die der Herr vergibt. Selbst wenn man ahnt, dass man nachher als Loser dasteht, sollte man nicht zu flüchten versuchen, weil der Herr Mittel und Wege findet, dich einzufangen, damit du den Job übernimmst, den er für dich vorgesehen hat.

Deshalb steh ja auch ich heute hier in der Katholischen Akademie, um diesen Vortrag zu halten. Es hätte keinen Sinn gehabt, diese Aufgabe abzulehnen. Wer weiß, was dem Herrn alles eingefallen wäre, um mich doch hierher an dieses Pult zu bringen. Sicher hätte er mich nicht von einem Seeungeheuer verschlucken lassen, um mich in der Mandelstraße ins Foyer der Katholischen Akademie zu spucken. Er hätte eine andere Möglichkeit gefunden.

Und ich werde auch keine genauen Vorhersagen darüber machen, wann diese Akademie geschlossen wird.

Wenn Jonas jetzt Humor gehabt hätte und über die ganze Geschichte herzhaft hätte lachen können, würden wir die Geschichte dann weniger ernst nehmen? Hätte sie weniger Kraft? Würden wir die Botschaft anders interpretieren? Ich glaube, nein. Aber Jonas hätte sich sicher besser gefühlt, wenn er die Komik seiner Situation erkannt und mit Humor darauf reagiert hätte.

Ich hab es schon gesagt: Humor kann immer dann helfen, wenn eine menschliche Notlage vorliegt. Sicher sind Situationen vorstellbar, wo uns der Humor verlässt. Auf dem Sterbebett ist schon mancher streng katholisch geworden. Obwohl es auch Menschen gab, die kurz vor ihrem Tod noch Humor hatten. Thomas Morus soll, kurz bevor der Henker ihm den Kopf abschlagen sollte, das Haupt noch mal vom Richtblock gehoben haben, um ein letztes Wort zu sagen. Es war ihm aufgefallen, dass der Henker mit dem todbringenden Hieb auch seinen schönen langen Bart durchtrennen würde. Und so legte er ihn sorgfältig zur Seite mit den Worten: »Mein Bart hat keinen Hochverrat begangen.« Heinrich der VIII. hat ihn hinrichten lassen, weil er sich weigerte, Rom abzuschwören. Er ist für seinen katholischen Glauben gestorben und war am Ende noch zu Humor fähig. Respekt!

Einige von Ihnen haben jetzt gelacht, andere geschmunzelt, wieder andere keine Regung gezeigt.

Gibt es also einen Humor ohne Lachen? Vermutlich schon, denn bei einigen ist eine Reaktion abgelaufen, die nur im inneren Empfindungsraum stattfand, still, und nach außen ohne körperliche Regung.

Gibt es auch ein Lachen ohne Humor?

Aus meiner persönlichen Erfahrung kann ich sagen, nicht alle Menschen, die lachen, haben Humor. Denken wir an unseren noch amtierenden Ministerpräsidenten. Immer wenn der lacht, habe ich das Gefühl, dass er nicht lachen muss, dass er nur lacht, weil er glaubt, er müsse lachen, weil eine Kamera auf ihn gerichtet ist.

Lachen ist zunächst eine körperliche Reaktion, gegen die wir uns nicht wehren können. Lachen kommt über uns, gegen unseren Willen.

Es gibt daneben ein Lachen, das demonstrativ eingesetzt wird, um mitten in einer Gesellschaft Humor zu demonstrieren, weil es gesellschaftlich geboten scheint, lachen zu müssen. Am Nockherberg beispielsweise. Ich würde die Vermutung wagen, dass dort kaum ein ehrlicher Lacher zu vernehmen ist. Die Betroffenen, diejenigen, die »naufgeschossen« werden, *müssen* lachen, weil sie wissen, dass sie im Fernsehen von den Wählern beobachtet werden. Wer nicht lacht, gilt als humorlos. Humorlosigkeit ist unverzeihlich.

Ein Politiker muss sich humorvoll geben. Humor gehört zur kulturellen Grundausstattung eines Politikers in der Öffentlichkeit. Es gibt eine Humorerwartung bei Führungspersönlichkeiten. Eine Humorpflicht! Für Politiker besteht Humorzwang! Denn wer über sich selber lachen kann, wirkt sympathisch und souverän, eben weil er über seine eigenen Schwächen lachen kann. Lachen hätte in diesem Fall eine stabilisierende Wirkung in der Gesellschaft. Humor gleicht das Verhältnis von denen da oben zu denen da unten versöhnlich über das Lachen aus. Indem die Mächtigen dem Volk gestatten, über sie zu lachen, demonstrieren sie ihren Humor.

Nach wie vor wird auch die These vertreten, Lachen sei machtzersetzend, weil das Lachen eine subversive Kraft entfalte und die Mächtigen, Diktatoren und Tyrannen, Demokraten, dadurch lächerlich gemacht würden. Ein lächerlicher Machthaber werde früher oder später gestürzt, weil er seine Autorität einbüße. Also, wenn diese Theorie zuträfe, dann dürften Machthaber wie Bush und Putin längst nicht mehr an der Macht sein.

Umgekehrt könnte man die These vertreten: Je lächerlicher sich ein Machthaber aufführt, desto länger hält er sich an der Macht.

Helmut Kohl könnte dafür ein Beispiel sein. Ich neige zu der Theorie, dass Machthaber, die Humor öffentlich zulassen, dadurch in ihrer Macht gefestigt werden, weil über Humor Unmut ventiliert wird. So verstandener Humor hätte eine beruhigende Wirkung auf die Verhältnisse in Staat und Gesellschaft.

Auch die Mächtigen der Kirche haben über Jahrhunderte das Lachen gefürchtet wie der Teufel das Weihwasser. Und nach wie vor gibt es auch heute noch in den kirchlichen Kreisen die Meinung, dass Glauben und Lachen nicht zusammengehörten. Im *Theologischen Lexikon des 20. Jahrhunderts* steht: »Im Lachen erfolgt die Absage an Gott als alles bestimmende Wirklichkeit.« Wieder ein Beleg dafür, dass führende Theologen in der geistigen Teilhabe schwächeln, was wiederum für einen schwungvollen Humoreinsatz spricht.

Der Jean Paul, unser großer bayerischer Philosoph, hat festgestellt: »Lachende sind gutmütig und stellen sich oft in Reih und Glied der Belachten;

Kinder und Weiber lachen am meisten. Die stolzen Selbstvergleicher am wenigsten und der sich für nichts ausgebende Arlekino lacht über alles und der stolze Muselmann lacht über nichts.« (§30)

Womit wir wieder bei der Religion wären und der Frage, warum der Muselmann über nichts lacht. Ich weiß jetzt nicht, ob nicht auch der Muselmann lacht, aber wie weit fanatische, religiöse Humorlosigkeit führen kann, wird uns fast täglich über den Bildschirm vor Augen geführt: Flugzeuge, die in die Türme des World Trade Center in New York fliegen. Religiöse Eiferer, die in Moscheen Hass predigen.

Wir haben alle vom Kopftuchstreit gehört. In Bayern erinnern wir uns auch an den sogenannten Kruzifix-Streit, der in einer eindrucksvollen Demonstration in der Münchner Innenstadt gipfelte. Und nicht zuletzt erinnern wir uns an die Bilder, die der Papstbesuch in unseren Köpfen hinterlassen hat. Einige von uns haben vielleicht sogar noch das Zitat Benedikt des XVI. im Ohr, das zu Tumulten im muslimischen Raum führte. Papstpuppen wurden verbrannt. Und schließlich wissen wir alle noch, was los war, als in Dänemark Karikaturen veröffentlicht wurden, die den Propheten Mohammed in verzerrender und überzeichnender Weise, wie das bei Karikaturen im mitteleuropäischen Raum üblich ist, dargestellt haben. Die Folge davon waren wieder Tumulte im Libanon und in anderen arabischen Staaten, die von muslimischen Gläubigen dominiert werden.

Immer wieder Tumulte. Bei all den Tumulten, die immer wieder in der muslimischen Öffentlichkeit praktiziert werden, hab ich langsam die Vermutung, dass es sich beim Tumult um ein muslimisches Glaubensritual handelt, vergleichbar einer Messe, in dem die Gläubigen ihre Ehrfurcht vor Gott in aller Öffentlichkeit zum Ausdruck bringen.

Und wir alle kennen Sätze wie diese: Seit vielen Jahren gibt es nicht nur ein breites Wiedererwachen des religiösen Interesses, sondern auch – seit dem verstärkt auftretenden Terrorismus – eine zwingende Auseinandersetzung mit dem Religiösen als Grundlage politischen Handelns. Und die wenigsten von uns denken dabei zuallererst an das Grundsatzprogramm der CDU/CSU, sondern an junge bärtige, gläubige Menschen muslimischen Glaubens, die daran glauben, dass sie durch ihr Selbstmordattentat ins Paradies eingehen, wo 75 Jungfrauen auf sie warten. Sie glauben an eine Wirklichkeit im Jenseits, an ein Leben nach dem Tod, in dem alle Mängel aufgehoben sind. Der Glaube an das Paradies ist bei diesen jungen Männern so stark ausgeprägt, dass sie bereit sind, sich dafür in die Luft zu sprengen und möglichst viele andere, Ungläubige und auch Gläubige, mitzunehmen. Die Ungläubigen haben es ohnehin verdient, um die ist es eh nicht schade, und die Gläubigen dürfen sich freuen, dass sie jemand schnell und ungefragt ins Paradies mitnimmt.

Angesichts dieser Taten frage ich mich, welches Maß an Unmündigkeit einer annehmen muss, um zu einem derart religiös motivierten Terrorismus fähig zu sein. Diesen Fanatikern wünsche ich eine gehörige Portion Humor. Denn durch Humor ist der Mensch in der Lage, sich selbst zu relativieren. Im Humor kann er sich selber anschauen, kann sehen, wo er steht. Der humorempfängliche Mensch kann sich mit dieser Empfindungsweise selbst verorten auf der Strecke zwischen einer ständig wirksamen Endlichkeit im Diesseits und einer spekulativen Unendlichkeit im Jenseits. Papst Johannes der XXIII. brachte diesen Zusammenhang zum Ausdruck, als er sagte: Mensch, Giovanni, nimm dich nicht so wichtig. Für einen Papst, der unfehlbar ist nach offizieller Kirchenlehre, ist das ein beachtliches Maß an Humor.

Vielleicht hatte er Jean Paul gelesen, der im § 33 feststellt:

»Wenn der Mensch, wie die alte Theologie tut, aus der überirdischen Welt auf die irdische herunterschaut, so zieht diese klein und eitel dahin (wenn man genau hinschaut, so kann man sogar Päpste und Kardinäle und viele Priester dabei entdecken und beobachten), wenn er mit der kleinen, wie der Humor tut, die unendliche ausmisset und verknüpft:

so entsteht jenes Lachen, worin noch ein Schmerz und eine Größe ist.«

Der Blick aus der Unendlichkeit auf die Endlichkeit ist ein Blick aus der Welt des Paradieses in die Welt des Mangels. Nur aus der Perspektive des ewigen Lebens im Paradies braucht niemand Humor. Humor ist eine ganz und gar diesseitige Empfindungsweise, eine Konditionierung, um in der Endlichkeit über sich selber lachen zu können, im Wissen um die Vergänglichkeit im Hier und Jetzt.

Wer aber von hier aus, also von der Endlichkeit, die Unendlichkeit ausmisset, wie der Jean Paul sagt, der überschätzt seine Fähigkeiten gewaltig und wird vielleicht größenwahnsinnig. Wenn er sich aber seiner Selbstüberschätzung bewusst wird, hat er zwei Möglichkeiten. Er kann selbstbewusst damit weitermachen und sich für den Größten halten oder er kann sich mit Humor betrachten, und in dem Fall wird er über sich lachen können.

Drum schlag ich vor: Nehmen wir unseren Glauben mit Humor, dann kann er zu einer Quelle des Versöhnens werden, mit uns selbst, den Menschen und Gott (ja, dem könnten wir dann auch einmal was verzeihen). Und nehmen wir den Humor zusammen mit dem Glauben an, dann führt auch das zur Versöhnung, weil der mit Humor gesegnete Glaubende wird im Zustand der dramatischen Ironie immer schon um die gute Absicht und das Ziel des Humors wissen. Der Glaubende sollte seinem Gott für das Geschenk des Humors dankbar sein, weil ihm diese Empfindungsweise die Möglichkeit gibt, eine Distanz zu seinem Glauben einzunehmen. Er kann dadurch sich und seinen Glauben kritisch betrachten, ohne ihn in zynischer Weise zu vernichten. Weil im Humor der versöhnende Anteil mit dem Glauben verschmilzt. Dann lachen nicht nur wir, dann lacht auch Gott mit uns.

Und wenn beide Empfindungsweisen miteinander verbunden werden können, Humor und Glauben, dann entsteht eine versöhnende Bewegung zwischen vollkommener Perfektion und kompletter Unzulänglichkeit. Dann »gleitet das Komische ohne Reibung der Vernunft und des Herzens vorüber und der Verstand bewegt sich in einem weiten, luftigen Raum frei umher, ohne sich an etwas zu stoßen« (Jean Paul).

Homiletik

Die Homiletik ist die Lehre von der Predigt. Schlaue Köpfe haben sich schon früh kluge Gedanken darüber gemacht, wie eine gute Predigt aufgebaut werden muss, damit sie ihr Ziel, nämlich die Gemeinde geistig zu nähren, erreicht. Natürlich war Aristoteles wieder einmal der Erste, der die sprachlichen und geistigen Fundamente der Rednerkunst gelegt hatte. Viele folgten. Bei den alten Römern stand ein guter Redner in hohem Ansehen. Cicero war einer der Stars, die im Senat und vor Gericht mit ihren Reden große Wirkungen erzielten, die ihn bis in das höchste Staatsamt der römischen Republik hinaufgetragen haben.

Heutzutage können auch weniger begabte Redner in höchste Ämter gelangen. In manchen Regionen dieser Republik scheinen rhetorische Mängel eine Bedingung dafür zu sein, dass ein Politiker für Spitzenpositionen auserwählt wird. Möglicherweise will das Publikum vom Redner nicht mehr mitgerissen werden. Ich habe den Eindruck, dass der Wähler in diesem Lande gern Politiker wählt, mit denen er Mitleid haben kann, weil sie entweder nicht richtig reden können oder Probleme haben beim Verfertigen der Gedanken. Vielleicht täusche ich mich aber auch.

Als ich das Angebot, auf dem Nockherberg die sogenannte Fastenpredigt zu halten, angenommen hatte, fragten mich Journalisten, ob ich rhetorische Vorbilder hätte. Beinah hätte ich geantwortet: Stoiber! Aber man muss auch mal ernst bleiben können. Also habe ich gesagt: selbstverständlich, und habe zunächst an die vielen Pfarrer denken müssen, bei denen ich ministriert hatte und deren Predigten die Gemeinde über sich ergehen lassen musste. Freilich waren unter ihnen auch echte Künstler der Improvisation, die ganz frei gesprochen hatten, sprechen mussten, weil sie den Text vergessen hatten und in der Folge davon frei von jeglichen Zusammenhängen predigten, bis schließlich ein gnädiges Amen die Leiden der Zuhörer wie auch des Predigers beendete.

Als ich dann zum ersten Mal selber vor der Gemeinde auf dem Münchner Nockherberg, in eine Mönchskutte gewandet, die Fastenpredigt hielt, konnte ich auf diese lehrreichen Jahre als Messdiener zurückgreifen. Ich erinnerte mich daran, was ein Domprediger einmal zu mir gesagt hatte. Eine gute Predigt zeichne sich durch die Trias *docere – delectare – movere* aus. Also das heißt auf Deutsch, eine Predigt soll belehren, erfreuen und bewegen. Die wenigsten Predigten, die ich anhören durfte, haben mich bewegt. Erfreut war ich immer nur, wenn der Pfarrer einen Hänger hatte und nicht mehr weiterwusste. Und belehrt haben mich sicher alle, weil ich immer froh war, wenn es vorbei war. Ob es mir gelungen ist, diese Kriterien, die übrigens von Cicero stammen, zu erfüllen, ich weiß es nicht. Ich weiß nur, dass immer viel gelacht wurde und hinterher alle gesagt haben, dass es wieder großartig gewesen sei. Aber was sollen Politiker, die grade »naufgeschossen« und »derbleckt« wurden, auch anderes sagen? Es gehört zu den ungeschriebenen Gesetzen des Nockherbergs, dass gelacht wird, auch wenn es für den Betroffenen nicht zum Lachen ist. Drum ist es ja oft so komisch. Am komischsten war es immer, wenn derjenige, den es anging, nicht lachte, und alle um ihn herum schon.

Der Spaß beim Lesen dieser Reden könnte darin bestehen, dass sich der Leser vorstellen kann, wer wann wo gelacht hat, beziehungsweise nicht lachen konnte.

Rede auf dem Nockherberg 2004

Liebe Salvatorgemeinde!

»Lasst uns loben die berühmten Männer und unsere Väter, einer nach dem anderen.« Wie es geschrieben steht im Buch Jonas Sirach.

Ich bin ja froh, dass sie mich da heroben auf dem Nockherberg überhaupt reingelassen haben zu Ihnen. So wie ich ausschaue in meiner Kutten, hätte es auch gut sein können, dass ich unter den Kopftucherlass gefallen wäre.

»Das Kopftuch ist eine militante Kampfansage an die Werte des Grundgesetzes.« Ich mag gar nicht sagen, wer das gesagt hat, aber der ist, dem Herrn sei's gedankt, heute nicht da. Vielleicht sitzt er grade in seinem Dom und bereut. Denn nicht nur das Fleisch ist schwach, sondern oft auch der Kopf. Und dann merkt er nicht, dass die freie Religionsausübung im Grundgesetz garantiert ist.

Herr Ministerpräsident, Sie sollen gesagt haben, dass das Kopftuch ein Symbol sei für Ausgrenzung und Spaltung. Bloß gut, dass meine Oma schon lange nicht mehr lebt, die hätt Sie nicht mehr gewählt, weil die ist jeden Tag mit einem Kopftuch rumgelaufen.

Aber ich hab gleich gesagt, das glaube ich nicht, dass unser Landesvater so was sagt. Wir kennen Sie alle als guten Christen, als Mann des Ausgleichs und der Versöhnung, wie wir ja alle wieder am Aschermittwoch sehen konnten, und deshalb möchte ich die Gelegenheit wahrnehmen und diesen Satz für Sie dementieren. Ich würde überhaupt gern öfter für Sie was dementieren, weil Ihre Dementis glaubt man oft nicht.

In Bayern schon, da glaubt man Ihnen alles. Da können Sie sagen, was Sie wollen.

Drum hat ja die CSU in Bayern eine Zwei-Drittel-Mehrheit im Landtag.

Nur, wenn mir einmal ganz ehrlich sind – ich weiß, das ist ungewöhnlich. Aber wenn man die absoluten Zahlen heranzieht und die abgegebenen Stimmen auf alle Wahlberechtigten bezieht, dann habt's ihr, also die CSU, nur 34 Prozent der Stimmen. Herr Stoiber, Sie sind der Chef von einem Minderheitenkabinett!

Herr Maget, Sie sollten lieber nicht lachen an der Stelle. Von der SPD mag ich es nämlich gar nicht ausrechnen. Und Frau Bause, bei Ihnen schaut's ganz schlecht aus. Mathematisch sind die Grünen nur noch schwer nachweisbar. Ich muss es mal niederbayerisch sagen: Dafür, dass ihr alle miteinander in der Minderheit seid's, reißt's ihr das Maul ganz schön auf.

Aber ich weiß schon, da kann man nichts machen, das ist die Demokratie, da dürfen auch Minderheiten mitreden. Die FDP zum Beispiel. Mensch, Westerwelle, was war denn das für ein Essen, das du da der Merkel und dem Stoiber hingestellt hast? Die waren hinterher ja vollkommen fertig. Die waren zu keinem klaren Gedanken mehr fähig.

Aber jetzt haben wir endlich einen im Bundespräsidialamt. Endlich! Ich hab schon die Befürchtung gehabt, dass wir da gar keinen mehr finden. Dass es jetzt der Schäuble nicht geworden ist, das ist dem Glos Michl sein Verdienst. Der Glos, die Trägerrakete vom Schäuble, der hat den Schäuble immer wieder zur Rampe gerollt, bis sie ihn wirklich abgeschossen haben.

Aber der Neue, der kennt sich mit Geld gut aus. Und der Riesenvorteil bei dem ist, dass ihn keiner kennt. Alles, was man bisher von ihm weiß, ist, dass er sich mit Schulden gut auskennt.

Und das ist wichtig in der Politik, heutzutage. Wenn sich ein Politiker etwas zuschulden kommen lässt, ich weiß, das kommt nicht vor, aber wenn, dann ist es besser, wenn sich alle Beteiligten an die Bibel halten:

»Wer Verfehlung zudeckt, stiftet Freundschaft;

wer aber eine Sache aufrührt, der macht Freunde uneins.« Das wollen wir doch alle nicht. Oder?

Herr Faltlhauser, Ihnen muss ich das nicht sagen. Im Bayerischen Finanzministerium kennt man die Bibel. Es kann aber trotzdem mal etwas saudumm laufen. Grade wenn eindeutige Schreiben rausgeschickt werden, kann's schnell saudumm hergehen.

Da hab ich ein Zitat aus der Bibel, da muss auch ein eindeutiges Schreiben vorausgegangen sein:

»Deine Hand soll nicht offen sein, wenn's ums Nehmen geht, aber auch nicht geschlossen, wenn's ans Geben geht.«

Wichtig ist, dass man auch dabei gut ausschaut. Aber damit haben Sie ja keine Probleme. Obwohl, in dem Fall haben Sie schon a bissel alt ausgeschaut. Sie haben fast a wenig gruftlt.

In Ihrem Fall ist es ja grad noch mal gut gegangen. Die Lage ist verwoben. Sozusagen komplex.

Der Staat braucht Geld, das muss der Bürger begreifen. Da spielt es keine Rolle mehr, wo das Geld herkommt. Von der Erbschaftssteuer, von der Vermögenssteuer oder über a Gruft. Wir müssen da auch mal ungewöhnliche Wege gehen.

Die SPD und die Grünen sind da schon auf dem richtigen Weg: Die haben die Plutoniumfabrik von Hanau nach China verkauft. Die Grünen, die arbeiten auch immer an ihrer Glaubwürdigkeit.

Ich überlege schon, was man den Chinesen noch alles andrehen könnte. Wie wäre es denn mit unserem Atomkraftwerk Isar 1. Das wär doch was, Herr Schnappauf.

Bei Ihnen im Ministerium sollen die Sichtverhältnisse nicht gut sein. Ein Jahr lang liegt da ein Gutachten der Gesellschaft für Reaktorsicherheit rum, und Sie sehen es nicht – durch. Herr Schnappauf – Sie sind doch sonst nicht so. Da müssen Sie aktiv werden.

Wir in Bayern packen die Probleme hurtig an. Da wird nicht lange gefackelt. In München haben wir einen Oberbürgermeister, dem ist die Rettung der Münchner Weißwurst gelungen. Jetzt rettet er grade 1860 München. Aber alles gelingt ihm auch nicht. Das Aufgehen eines Sterns über der Stadt konnte er nicht verhindern. Jetzt hat er Sorgen: Der Ude sagt, es kommen 70 Millionen Mehrbelastung auf die Stadt zu, wenn die Arbeitslosen- und die Sozialhilfe zusammengelegt werden. Und der Clement sagt, es wären nur zehn Millionen. Vielleicht gibt's da ein Nord-Süd-Gefälle im Rechnen. Es sind zwar ein paar Nullen beteiligt, aber so schwer kann das doch nicht sein.

Herr Huber, Sie sind doch ein Finanzfachmann. Können Sie bei den zwei Herren nicht einmal mit dem Rechenschieber vorbeikommen? Bissel erklären, wie man Zahlen richtig verschiebt.

Das Gute am Huber ist, der lässt mit sich reden. Aber man muss aufpassen, weil der Huber auch selber gern was sagt. Und es ist immer blitzgescheit. Drum hat Sie der Ministerpräsident auch zum Superminister in Bayern gemacht. Sie sind ja so was wie der kleine Montgelas vom modernen Bayern.

Ich hab gehört, dass Sie über geheime Schriften verfügen, so eine Art Erwins Qumran-Rollen. Das Buch Erwin, das liegt bei Ihnen auf dem Nachtkastl. In dem stehen Weisheiten, die bisher so klar keiner ausgesprochen hat. »Wer den Teich trockenlegen will, darf nicht mit den Fröschen reden.« Wahrlich, wahrlich, ich sage euch, und wer mit dem Huber spricht, der darf kein Frosch sein.

Und es steht geschrieben, wer bis zum Hals im Teiche steht, braucht nicht viel, um unterzugehen.

Ich hab noch einen Spruch aus dem Buch Erwin: »Sei nicht wie die, die große Worte machen, aber träge und lässig sind in ihren Taten.«

Na, das ist jetzt für den Schröder geschrieben und nicht für den Huber.

Der Schröder ist ja vom Parteivorsitz zurückgetreten und will sich ganz aufs Regieren konzentrieren. Da frag ich mich aber schon, worauf er sich vorher konzentriert hat? Auf das Wichtige will er sich jetzt konzentrieren. Jetzt lässt er das Unwichtige mal weg. Die Partei. Die erledigt jetzt der Münte.

Da wird jetzt alles anders. Mit Journalisten von

Stern und *Bild* redet er jetzt nicht mehr. Warum? – Der hat auch eine Bibel:

»Denn Reden bringt Ehre, aber Reden bringt auch Schande; und der Mensch kommt durch seine eigne Zunge zu Fall.« (Buch Sirach 5/15)

Wenn der Müntefering die Partei führt, da geht es aufwärts. Sie haben jetzt eine Aufgabenteilung vorgenommen.

Also, der Schröder tut den Leuten weh, und der Müntefering sagt den Leuten – es tut weh, aber das wird schon wieder.

Die bayerische SPD hat sich ja besonnnen. Sie waren in Kloster Irsee, sie haben gesagt, sie wollen Tritt fassen und richtig dagegenhalten, vor allem in der Bildungspolitik. Na, da sind wir gespannt, wie die sich durchsetzen gegen die Opposition im Landtag. Weil eine Opposition haben wir ja schon im Landtag – die CSU-Fraktion. Und die setzen unserer Regierung dermaßen zu – zum Teil habe ich Angst gehabt, dass da Rücktritte gefordert werden.

Was da in der klösterlichen Abgeschiedenheit so alles abgeschieden wird, ist schon erstaunlich.

Die Grünen waren in Bayreuth in der Abgeschiedenheit und haben nachgedacht. Die Grünen fordern jetzt eine gepflegte Abschaffung des Zivildienstes. Das ist großartig. Da freut sich der junge Wähler! Nur wer macht dann die Arbeit der Zivis im Pflegebereich? – Da machen wir einen Arbeitskreis! Kann ich Ihnen schon sagen, was da rauskommt. Da fehlt dann ein Haufen Pflegekräfte.

Aber die Lösung ist ganz einfach: Wir machen es wie die Wirtschaft. Outsourcing! Rentner auslagern. Nicht nur Arbeitsplätze werden verlagert, sondern auch Pflegeplätze, ins Ausland: Tschechei oder Polen. Die kommen in die EU. Da können die schon mal zeigen, was sie sozial draufhaben. Nur, sind wir ehrlich, wer im Pflegeheim lebt, lebt eh nicht voll, der lebt mehr oder weniger reduziert.

»Wie schön ist's, wenn graue Häupter urteilen können und die Alten Rat wissen.« (Buch Sirach 25/6a)

Frau Stewens, Sie haben sich anscheinend nicht mehr anders zu helfen gewusst, weil Sie den Zahnärzten ein Provisorium verpasst haben mit dem Staatskommissar. Aber ich glaube, da hilft nur eine Wurzelbehandlung. Und wenn's gar nicht anders geht, dann muss man den Herrschaften auch mal einen Zahn ziehen. Frau Stewens, ich bin sicher, Sie werden der Sache schon die Krone aufsetzen.

Ist aber kein Problem – kriegen wir alles in den Griff, machen wir halt einen Arbeitskreis. Oder wir schicken die Zahnärzte in Klausur, damit sie zur Besinnung kommen. Es gibt ja auch noch Leute, die nicht in Klausur waren – die Frau Merkel zum Beispiel, die hat kein Kloster mehr gefunden.

Sie, Herr Stoiber, ich glaub, da wird mit der Frau

Merkel noch einmal ein Gespräch fällig sein. Aber diesmal wird ein Frühstück nicht langen, das wird ein Brunch, möglicherweise sogar ein Candle-Light-Dinner. Aber ich bin da ganz zuversichtlich. Sie haben ja einen guten Kontakt. Sie haben sich ja gerade wieder mit ihr geeinigt. Logisch, wenn zwei das Gleiche wollen ...

Da müssen Sie sich noch was einfallen lassen, weil die Angela möchte ja unbedingt ins Bundeskanzleramt ... und dort a Lehre machen.

Sie sind ja der Meinung, dass zurzeit ein teurer Lehrling im Bundeskanzleramt zur Ausbildung ist. Aber das wäre ja jetzt wieder ein Argument für die Ausbildungsplatzabgabe.

In Bayern haben wir nur Meister in der Politik, die in Berlin nur Lehrbuben. Darum haben Sie gesagt, der ganze Haufen muss weg. Blöd ist halt, dass die gewählt worden sind und nicht Sie.

In Bayern schaut das ganz anders aus, da haben Sie die Mehrheit, obwohl 66 Prozent der bayerischen Wähler die CSU nicht gewählt haben.

Das ist ärgerlich, gell? An Ihrem Kabinett kann's nicht gelegen haben. Da fällt keiner ab – da ragt keiner heraus – das ist ein Niveau. An Ihnen kann's auch nicht gelegen haben.

Weil Sie haben immer wieder gesagt, dass Bayern überall spitze ist. Aber irgendwie haben Ihnen das die Leute nicht geglaubt – vor der Wahl schon! Sonst hätten wir doch nicht so viele Nichtwähler gehabt. Weil zu dem Zeitpunkt haben die doch noch gar nicht wissen können, dass das nach der Wahl nicht mehr stimmt, was Sie vor der Wahl gesagt haben.

Und jetzt kommen so Gschaftlhuber daher und behaupten, Sie hätten gelogen.

Herr Ministerpräsident, bleiben Sie ganz ruhig, lächeln Sie einfach weiter, ich hau Sie da raus:

Obwohl Sie dafür eigentlich den Söder hätten. Von welcher Alm habt's denn den abgezogen? Wissen Sie, wie mir einen wie den Söder in Niederbayern nennen: Mausdoadschmatzer. Ich hab dem jetzt ein paarmal zuhören müssen, der läuft aus. Der bräuchte einen Hahn, wo man den abdrehen kann.

Also, Herr Ministerpräsident, ich hau Sie da raus. Ich rufe einen Zeugen für Sie auf, den die katholische Kirche heiliggesprochen hat. Den heiligen Thomas von Aquin.

Der heilige Thomas von Aquin hat genau über dieses Problem nachgedacht. Der hat sich gefragt, was macht eine Lüge aus: die Täuschungsabsicht. Und er definiert die Lüge mit dem Willen, Falsches zu sagen. Das heißt, wenn ich nichts Falsches sagen will, dann sag ich halt nichts. Dadurch kann man einen anderen bewusst täuschen und trotzdem bei der Wahrheit bleiben, sofern man nichts Falsches sagt. Auf gut Deutsch: Man muss nicht die ganze Wahrheit sagen.

Und, sind wir mal ehrlich, wenn einer gewählt werden will, darf er doch die Wahrheit gar nicht sagen.

Denn was der heilige Thomas komplett vergessen hat, ist der Zeitpunkt, wann die Wahrheit gesagt wird. Das ist nämlich der wichtigste Punkt bei der ganzen Geschichte. Es kommt darauf an, ob der Satz vor der Wahl oder nach der Wahl ausgesprochen wird. Es kann nämlich durchaus so sein, dass vor der Wahl etwas wahr ist und nach der Wahl stellt sich heraus, dass man das so nicht sagen hat können, weil's der Wähler sonst falsch verstanden hätte.

Diese Technik, diesen Kunstgriff nennt man bis heute die *restrictio mentalis*. Die geistige Zurückhaltung. Das ist aber hier auf dem Nockherberg kein Problem.

Da wenn wir den Stiegler nicht hätten, wüssten wir jetzt gar nicht, was das heißt. Für Sie hab ich noch einen Satz: »Malus ubi bonum se simulat, tunc est pessimus« (»Da wo der Schurke den Ehrenmann spielt, ist er besonders schlimm«). Damit sind selbstverständlich nicht Sie gemeint, Herr Stiegler. Und der Esser und der Ackermann sind ja auch nicht da und der Wildmoser hat abgesagt. Schurke sind Sie natürlich keiner, aber ein Bazi schon, gell?

In der SPD kennt man Sie, gell? Wie Sie die Münchner Abgeordneten von der Landesliste gefegt haben, das war schon sehr bayerisch. Respekt!

Damit wir uns da nicht falsch verstehen. Vor dem

Maget habe ich auch großen Respekt, der war ein Superkandidat. Wenn einer von vornherein weiß, ich verliere – dann ist das vorbildliche Leidensfähigkeit, die jedem Christen Ehre macht. Und die SPD hat's in Bayern nicht leicht.

Die Grünen sind da geschickter, die haben das verstanden. Ist Ihnen aufgefallen, dass die Grünen im Wahlkampf voll auf CSU gemacht haben? So viele Trachtenanzüge habe ich bei der CSU am Wahlabend nicht gesehen wie bei den Grünen. Wie ein Rudel Wolpertinger sind sie um die Mikrofone geschlichen. Es war so massiv, dass viele daheim am Fernseher sich gewundert haben, dass diese Trachtler nicht in der CSU sind.

Deshalb haben Sie ja sofort das Gespräch mit den Grünen aufgenommen, gell, Herr Stoiber. Merkwürdig ist schon, mit wem Sie in letzter Zeit alles so reden. Sie reden ja mit jedem. Mit dem Michael Sommer vom DGB haben Sie ja auch ein Gespräch geführt.

Mit dem haben Sie sich ja getroffen, Herr Stoiber. Warum? Das ist ja fast so, als wenn Bestattungsunternehmer und kassenärztliche Vereinigung über gemeinsame Konzepte zur Gesundheitsreform reden. Demnächst treffen sich auch die Zuhälter mit der Polizei, um gemeinsame Konzepte zur Hebung der allgemeinen Moral zu verabreden.

Unsere Polizei!

Herr Beckstein, was ist denn mit unserer Polizei los?

Was war denn das in Passau? Diese Passauer Kesselpfeifer! Ist das Ihre neue Sambatruppe gewesen? Habt's da eine neue Abteilung aufgemacht? Das SEK – das Samba-Einsatz-Kommando!

Herr Beckstein, wissen Sie jetzt schon, wo Sie Ihre Einsparungen vornehmen wollen? Wollen Sie die Führungsebene noch rausnehmen? Es wird nicht einfach, gell? Weil, sie sollen billiger werden und gleichzeitig besser. Die Firma Skoda hat Ihnen schon zwei Autos zur Ansicht vors Ministerium hingestellt. Freilich können unsere Sheriffs die Verbrecher auch mit dem Skoda jagen. Auf Streife könnten die auch mit dem Smart gehen.

In der Fahndung geht jetzt der Schily völlig neue Wege. Der zieht um. Teilweise. Die Führungsebene geht komplett nach Berlin. Der Rest bleibt in Wiesbaden. Und einen Teil lassen sie auch noch in Bonn. Warum eigentlich? – Weil es in Bonn ja kaum noch eine Kriminalität gibt – seitdem die Bundesregierung weg ist.

Jetzt sitzen alle in Berlin. Aber oft sind sie auch nicht da. Wenn's im Ausland sind, kannst ihrer quasi nur über Interpol habhaft werden. Der Schröder war jetzt viel unterwegs. In der Türkei war er auch und hat ihnen gesagt, dass die EU in die Türkei kommt. Kein schlechter Vorschlag.

Die Frau Merkel war vorher da und hat was anderes gesagt ...

Diese Türken, die wollen doch unbedingt in die EU.

Die probieren es seit Jahren. Ach, was sag ich, seit Jahrhunderten wollen die in die EU. Zweimal haben sie es über Wien probiert – ohne Erfolg. Dann war lang nichts und jetzt sind sie in Berlin. Da war überhaupt kein Widerstand. So viel Döner kann doch kein Mensch essen. Eine privilegierte Partnerschaft können's haben. Wenn's die nicht wollen, dann nehmen wir halt die Inder. Unser Edmund war ja grad in Indien und hat ihnen gesagt, dass sie nicht in die EU können ...

Gell, Herr Stoiber, Sie haben die Gemeinsamkeiten herausgestellt zwischen Bayern und Indien. Im IT-Bereich sind ja wir mit den Indern gleichauf. Man nennt uns Bayern auch die Laptop-Inder von Deutschland.

Das hat mir imponiert, wie Sie das gemacht haben und den Indern Bayern erklärt haben. Sie haben doch den Indern gesagt, dass Weißbier bei uns die beste Medizin ist gegen alle Krankheiten dieser Welt. – Mit jedem Glas werden die Probleme kleiner. Da sollten Sie sich mal ein paar Kästen heimtragen.

Es gibt aber vielleicht auch Probleme, die man mit dem Weißbier nicht voll lösen kann. In der Gesundheitspolitik zum Beispiel. Da haben wir auch ein paar Spezialisten, die sich wirklich gut auskennen. Die Ulla Schmidt ist so eine. Aber was wäre die Ulla ohne unseren Gesundheits-Horstl.

Da handelt der mit der Ulla Schmidt für die Union einen Kompromiss aus, dem er selber persönlich nicht zustimmen kann, aber als CDU/CSU-Verhandlungsführer schon. Herr Seehofer, das kommt gut an bei den Leuten. Da sagen die Leute, der weiß, was er will. Der kann auch mal gegen sich selber entscheiden. Solche Leute brauchen wir mehr in der Politik. Das muss man natürlich verstehen können. Gibt auch welche, die das nicht verstehen können.

Zum Trost: In Bayern muss man nicht alles verstehen, oft reicht es, wenn man es hört. Denn auch wer nichts versteht, kriegt alles mit. Drum verstehen wir uns so gut. Unverständnis ist die Basis für Kommunikation in Bayern.

Auch der Ministerpräsident versteht nicht alles. Hab i recht? Freilich hab ich recht. Wer überhaupt nix versteht, das sind die Lehrer. Was wiederum nicht verwundert, weil es sind ja Lehrer. Die wollen ja jetzt streiken, Dienst nach Vorschrift machen – mehr will ja sowieso keiner.

Und was das G8 betrifft, da braucht sich sowieso keiner aufregen. Wenn einer länger ins Gymnasium gehen will, braucht er nur durchfallen – schon hat er sein G9. Schaun S' mich an, ich hab sogar ein G10.

Jetzt muss ich aufpassen, dass ich Sie nicht auf eine Idee bringe. Zum Schluss führen Sie für Hockenbleiber noch das Schulgeld ein. Das wär doch eine neue Einnahmequelle. Wer wiederholt, zahlt.

Die Frau Hohlmeier reist ja gerade durchs Land und versucht, mit den Lehrern ins Gespräch zu kommen. Aber sie wird häufig ausgepfiffen, drum versteht man sie nicht, oder ist es umgekehrt? Wird gepfiffen, weil man sie nicht versteht? Die Lehrer sagen, es wäre besser gewesen, wenn man vorher mit ihnen über die Pläne geredet hätte. Da hätten wir das Geschiss schon im Sommer gehabt. Es war schon richtig, ihnen nichts zu sagen. Die hätten Sie ja dann nicht gewählt. Außerdem, was weiß denn ein Lehrer vom 8-stufigen Gymnasium? Wenn's der Huber grad erst entwickelt hat. Der weiß ja selber noch nichts darüber.

Frau Hohlmeier, ich hab gar nicht gewusst, dass Sie auch Sportministerin sind. Da ist ja wieder was saudumm gelaufen. Wissen Sie in der Sache 1860 schon mehr? Nicht? Das hab ich mir schon gedacht. Na, dann warten wir noch.

Der Kollege Goppel, der muckt jetzt auf. Der möchte jetzt seinen Bildungsetat um 600 Millionen Euro anheben und wird auch noch vom Fraktionschef der CSU unterstützt. Herr Stoiber, wissen Sie des schon? Die wollen jetzt bei der Forstreform Geld einsparen und das Geld vom Wald in die Bildung stecken. Das ist ein konstruktiver Ansatz. Herr Goppel, fahren S' übers Land und fragen S', ob Sie nicht ein Milchkandl abstauben können und vielleicht auch Einsparungen im Hühnerstall vorzunehmen sind. Sozusagen, dass das eine oder andere Ei auch mal in der Uni gelegt wird. Wissen Sie, wo man noch sparen könnte? Wenn man zwei bis drei Ministerien zusammenlegen würde. Zum Beispiel zum Ministerium für Landwirtschaft, Forsten und Bildung. Der Wald kommt allerdings ins Finanzministerium. Der Faltlhauser kennt sich da aus – der steht gern im Wald.

Der Faltlhauser, der hat gute Ideen, der möchte die bayerischen Staatsforste in Österreich verkaufen. Da tät ich noch ein bissel warten und mit dem Kollegen Wiesheu darüber sprechen, der ist grad ziemlich sauer auf die Ösis, weil die bayerische Firmen abwerben und mit Standortvorteilen locken. Herr Faltlhauser, da müssen wir dagegenhalten. Ich schlag vor, dass wir unsere Saalforste in Österreich nicht verkaufen, sondern mit Bayern besiedeln und einen Zaun drum rum bauen. Das wird der bayerische Gazastreifen in Österreich. Und den Watzmann machen wir zu den bayerischen Golanhöhen. Da lassen wir die Gebirgsjäger einmarschieren. Müssen wir bloß noch überlegen, wo wir das Geld für diesen Feldzug hernehmen. Ist eigentlich kein Problem, da sparen wir noch ein Gericht ein und einen Neujahrsempfang, dann haben wir das schon beieinander.

Vielleicht hat der Wiesheu noch was übrig, der spart wirklich vorbildlich.

Der kümmert sich um den Nahverkehr und die Wirtschaft. Er setzt sich für Schneekanonen ein, der lässt es kalt werden, wenn es sein muss, dann organisiert er einen Winter und passt auf, dass keiner friert – bildlich gesprochen. Wenn der sein Ministerium betritt, sinkt die Temperatur, hab ich gehört. Man nennt ihn auch Otto, die Sparflamme. Er kürzt vorbildlich seinen Etat, um 17,6 Prozent, aber unter dem Strich ändert sich eigentlich nichts.

Herr Wiesheu, genial finde ich, wie Sie das Mittelstandskredit-Programm kürzen. Sie sollen gesagt haben: »Da die Konjunktur lahmt, werden weniger Kredite abgerufen, weil die Unternehmer dann nicht investieren.« Da ist ja eine Logik drin.

Da müssen Sie den Clement direkt bitten, dass er Ihnen den Aufschwung noch a bissel bremst, damit Sie leichter sparen können.

Früher oder später soll's ja aufwärtsgehen. Zukunft ist angesagt. Auf allen Politikfeldern. Steuergesetzgebung, da wollten Sie ja die große Vereinfachung. Der Bierdeckel war ja da schon als Vorlage im Gespräch, aber jetzt werden es doch zwei Bierdeckel werden. Weil doch wieder eine Menge Vereinfachungen dazugekommen sind.

Einfach soll's werden. Ja, warum denn? Das hört sich so an, als wäre unser Steuerrecht kompliziert. Ich glaube es nicht. Wenn einer wie der Eichel Finanzminister werden kann – und der ist von Haus aus Lehrer –, dann kann das Steuerrecht nicht so kompliziert sein.

Die Merkel wollte den großen Wurf. Der Merz wollte auch den großen Wurf. Alle wollten den großen Wurf. Und auf einmal habt ihr eure Konzepte mit einem ganz großen Wurf in die Schublade reingeworfen. Aber jetzt haben der Merz und der Faltlhauser die Schublade wieder aufgemacht, und wie's jetzt ausschaut, ist aus dem großen Wurf doch eher ein ballistischer Rohrkrepierer geworden.

Das wär's jetzt von meiner Seite. Von Ihrer Seite kann's das ja noch nicht gewesen sein. Und falls es das von Ihrer Seite schon gewesen sein sollte, dann wird bei der nächsten Wahl nur noch ein Drittel der Wahlberechtigten zum Wählen gehen. Aber das macht ja nichts. Weil wir wissen ja, je weniger zum Wählen gehen, desto mehr Stimmen kriegt die CSU. Und wenn irgendwann mal überhaupt keiner mehr zum Wählen geht, dann langt praktisch eine einzige Stimme für die Drei-Drittel-Mehrheit.

»Ziehet den neuen Menschen an«, fordert der Apostel Paulus. Da herin hockt keiner, der ihn schon angezogen hätte. Vielleicht weiß keiner, wie er ausschaut, der neue Mensch. Kann sein. Auf jeden Fall ist das einer, der wieder von einer Mehrheit gewählt werden würde. Und das müsste doch Anreiz genug für euch sein. Ihr könntet ja nächstes Jahr mal probeweise alle in der Kutte kommen.

Prost, Gemeinde!

Rede auf dem Nockherberg 2005

Liebe Salvatorgemeinde!

Der heilige Apostel Paulus schreibt im ersten Brief an die Korinther: »Niemand betrüge sich selbst. Wer unter euch meint, weise zu sein in dieser Welt, der werde ein Narr, dass er weise werde.«

So, wie's ausschaut, haben sich viele von Ihnen diese Worte des heiligen Paulus zu Herzen genommen. Viele sind zu Narren geworden! Auf gut Bayerisch könnt man auch sagen: Sie haben sich zum Deppen gemacht.

Aber man sollte es nicht gleich so übertreiben wie der Michael Glos. Man möchte ja hinterher noch ernst genommen werden. Der Glos hat sich einen Namen gemacht in Ihren Kreisen. Der Glos hat sich eine Achtung erfaselt, die einmalig ist. Jeder weiß, den Glos muss man nicht ernst nehmen. Und trotz allem gelingt es der Angela Merkel immer wieder, auf ihn einzugehen.

Das muss Spaß machen, gell, Herr Glos, die Angela zu reizen. Sie ist ja auch reizend, keine Frage, vor allem weil sie auf jeden Vorschlag zur Verbesserung des Klimas einsteigt, den Sie loslassen. Ihre Teamfähigkeit sei sicher steigerbar, haben Sie gesagt. Ihre auch, haben Sie nachgeschoben – nur Sie zwei im Duo, da geht nichts drüber, da gibt es keine Steigerung mehr! Sie sind so eine Art Ozonloch über der Union. Jeder weiß, es schadet und wird immer größer, aber keiner unternimmt etwas dagegen.

Einer schon, doch, der versucht permanent, dem Glos den Rang abzulaufen, unser Söder, der hat sogar seinen eigenen Sprechstil entwickelt, der *södert*. Der redet oft ohne Punkt und Komma und so schnell, dass man gar nicht mehr mitkommt beim Zuhören. Manchmal habe ich den Eindruck, der redet deshalb so schnell, damit er selber nicht verstehen muss, was er da sagt. Gut, man soll die Leute auch nicht unterschätzen. Vielleicht ist er der Einzige, der versteht, was er sagt.

Ich könnte mir vorstellen, dass ihn der Guido Westerwelle versteht. Der ist liberal, der hat für viel Verständnis. Ich glaub, der bringt sogar Verständnis dafür auf, dass ihn einige in seiner Partei absägen wollen.

Kein Verständnis haben Sie allerdings dafür gehabt, als unser Ministerpräsident der schwächelnden FDP die Wahlniederlage in Schleswig-Holstein zugeschrieben hat. Herr Westerwelle, da müssen Sie aufpassen. Es gibt Leichtmatrosen, die kommen gar nicht erst aufs Schiff. Wenn ich Sie richtig einschätze, sind Sie ein Romantiker, gell? Sie mögen Sonnenuntergänge? Müssten Sie eigentlich mögen. Wenn man in der FDP ist, dann ist eine gewisse Liebe zum Untergang unerlässlich. Jeder weiß, dass Sie gerne einen großen Schatten werfen möchten. Nur, Herr Westerwelle, Sie erwischen oft den falschen Zeitpunkt; Sie stellen sich immer grade dann zum Schattenwerfen auf, wenn die Sonne grade untergegangen ist.

Aber heute können Sie ganz ruhig bleiben. Auf dem Nockherberg steht die Sonne immer am höchsten Punkt – wir haben da heroben immer eine High-Noon-Stimmung. Drum nehmen wir jetzt einen kräftigen Schluck:

Prost, Gemeinde!

Heuer ist ja wieder die gesamte Elite des Landes auf den Nockherberg gepilgert, um sich im Geiste zu sammeln. Das freut mich natürlich sehr. Und im Gegensatz zur Fußballweltmeisterschaft gibt es überhaupt keine Karten im freien Verkauf. Es gibt nur geladene Ehrengäste, die nichts zahlen müssen. Vielleicht kriegen Sie sogar noch ein Geld dafür, dass Sie heute hier sitzen? Das können wir nicht ausschließen, denn fürs Sitzen haben schon einige Geld bekommen. Sitzungsgeld ist normal. Und eine geschlossene Gesellschaft sind wir ja heut auch. Und mit ein bisschen gutem Willen könnten wir auch die

Fußball-WM noch zu einer geschlossenen Veranstaltung machen. Weil doch jetzt so viele unzufrieden sind, dass es zu wenig Karten im freien Verkauf gibt. Das hätte man dadurch verhindern können, dass überhaupt keine Karten in den freien Verkauf kommen. Wir hätten einfach unsere Volksvertreter hingeschickt, damit sie uns vertreten – da wäre auch eine schöne Stimmung aufgekommen.

Ja, wen sehe ich denn da sitzen? Der Kollege Ude, unser famous first major of Munich city! Wie immer lacht er dynamisch, innovativ, weltoffen, the best Ozapfer in the world! Mei Lieber, Sie haben einen Schlag!

Herr Ude, haben Sie jetzt schon eine offizielle Begrüßungsformel für die Fußballweltmeisterschaft gefunden? Das Marketing-Team der Stadt München wollte am liebsten Servus sagen, hab ich gelesen, und nach dem Servus wollte es ein dynamisches, weltoffenes, innovatives »Munich moves« anhängen. Da war der Stadtrat dagegen. »Munich moves« kann einen falschen Klang haben. *Moven* heißt bewegen. Und München war ja schon mal eine Stadt der Bewegung. Und wenn einer sagt: »Move!«, dann kann das auch heißen: »Schleich dich!« Das könnte zu Missverständnissen führen. Jetzt suchen sie noch nach einer weltoffenen Welcome-Formel, die Münchner Stadtväter.

Die Frau Merk sucht ja zurzeit in einer Arbeitsgruppe ein Großstadtprofil für die CSU. Die CSU müsse offener auf Minderheiten zugehen. Sogar der Söder meint, die CSU dürfe nicht mit dem moralischen Zeigefinger auf andere Lebensformen zeigen. Wen meint er denn damit? Die SPD nicht, nein! Schon eher die Grünen, oder? Die FDP vielleicht? Die haben so eine seltsame, fremdartige Leichtmatrosen-Lebensform. Auf die könnte man zugehen. Dass Sie, Frau Merk, auf Minderheiten zugehen können, das haben Sie schon bewiesen. Im Bayerischen Obersten Landesgericht sind Sie auf diese Richter-Minderheit zugegangen und haben sie einfach abgeschafft. Jetzt kann keiner mehr mit dem Finger auf diese einzigartige Lebensform zeigen. Bin gespannt, was Ihnen als Nächstes einfällt.

In München fällt uns ja immer wieder etwas ein. Obwohl, baulich fällt uns jetzt nichts mehr ein. Außer dem Kronawitter-Schorsch. Dem fällt immer was ein. Der wird noch einmal aufgestellt – nicht zur Wahl –, als Denkmal; es wird nicht hoch werden, man wird darüber hinwegsehen müssen können. Der hat einen Weitblick. Der Schorsch lässt Häuser einfallen, die noch gar nicht stehen.

Ja, und Herr Schily, was ist Ihnen denn da eingefallen? Sie haben dem Ude die Bewerbung für die Olympischen Winterspiele ausgeredet. Dabei hätte sich München so gern beworben. Ich hätte es verstanden, weil so ein olympisches Drogenfestival wäre wieder mal was gewesen für unsere Stadt. Aber wahrscheinlich wär's eh nichts geworden, weil wenn des der Kronawitter erfahren hätte, Herr Ude, dann hätte es schlecht ausgeschaut – wegen der Sprungschanze. Die hätte auf keinen Fall über 100 Meter haben dürfen.

Da hat er Sie ganz schön zum Narren gemacht, Ihr Exkollege, gell, Herr Ude? Dafür sind wir jetzt alle gescheiter. Hoffentlich. Aber ich möchte Sie mit einem Satz von Seneca trösten: »Niemand irrt für sich allein, er verbreitet seinen Unsinn auch in seiner Umgebung.«

Unglücklicherweise sind Sie, Herr Stoiber, dann oft mittendrin in der Umgebung. Und oft ist der Unsinn in der näheren Umgebung am größten. Verstehen Sie mich nicht falsch, wir sind ja froh, dass Sie als Einziger wie ein einsamer Leuchtturm der klaren Vernunft da herausragen. Aber was kann einer allein ausrichten, wenn er vom Unsinn umspült wird?

Sagen Sie mal, Herr Stoiber, was war denn in dieser Föderalismuskommission los? Da war zu viel Umgebung, stimmt's? Und trotzdem sind Sie herausgestochen.

Dank Ihrer kräftigen Mithilfe ist es ein demokratisches Meisterstück geworden. Wenn diese Bundesbildungsfrau nicht immer dazwischengeredet hätte, die Buhlmann, gell. Und der Müntefering hat auch nur die besten Absichten gehabt. Ich habe gelesen, diese Föderalismuskommission wäre an der Bildung gescheitert. Fragt sich nur an welcher – an der vom Müntefering oder der Ihren? Auf keinen Fall! Man kennt Sie als einen gebildeten Mann, der jeden, wirklich jeden Kompromiss eingeht, dass ich mich fast schon wundern muss über Ihre Fähigkeit des Eingehens. Hauptsache, wir haben ein Ergebnis. Und es ist noch nichts verloren, weil man kann sich ja wieder zusammensetzen.

Meine Reform wäre, dass man die Länder reduziert. Das Saarland, oder Bremen, Hamburg, Berlin, die spielen alle Parlament! Sachsen-Anhalt ist doch ein Blödsinn. Mecklenburg-Vorpommern, die regieren wir doch, wenn es sein muss, von der Pförtnerloge aus mit, oder? Gut, da machen wir ein Büro frei, im Kultusministerium, weil da werden Kapazitäten frei, die Beamten müssen nicht mehr für die Münchner CSU arbeiten!

Die paar Ossis, die verwalten wir doch – wenn es nicht so blöd klingen tät, hätte ich gesagt mit links! Der Huber, der hat sich jetzt eingearbeitet, der reformiert alles, was ihm auf den Schreibtisch gelegt wird. Der schafft ab, der schafft an, der schafft sich Gegner, Feinde, sogar Freunde kündigen ihm die Freundschaft und lassen sich vom Sparen überzeugen: Dieses Sparen ist ansteckend. Ich habe schon welche sagen gehört: Den Erwin spar ich mir für später auf!

Nur die Bezirke haben schon eine Huberallergie! Eine Kontaktallergie ist das. Der Bereich beruhigt sich grade ein bisserl. Da hält der Alois Glück seine schützende Hand drüber. Aber auch Glückshände können ausrutschen. Mit »Prügelpädagogik« kommen wir da nicht weiter, hat er gesagt.

Das gibt es doch nicht, habe ich mir gedacht. Der Erwin ist ein Niederbayer. Der weiß sich doch zu benehmen. Der hört lang zu! Ich habe sogar gehört, dass er jetzt schon länger zuhört, bevor er tuat, wos er mog.

Da kann es sich nur um ein Missverständnis handeln zwischen einem Oberbayern und einem Niederbayern. Raufen tun wir nur, wenn es nicht anders geht. Und dann kündigen wir das an. Dann fragen wir höflich: Passt dir wos ned? Und wenn er dann blöd daherredet, dann geh ma aussi! Für die nonverbale Konfliktlösung gibt es strenge Regeln. G'rauft wird bei uns in Niederbayern mit Anstand. Und vor allem trinken wir vorher a weng wos.

Prost, Gemeinde!

Herr Beckstein, sind Sie da nicht auch irgendwie eingebunden, ich bilde mir ein, ich habe da was gelesen, dass Sie sich auch auf der Bezirksebene unentbehrlich machen. Viele wissen gar nicht, wo Sie überall unentbehrlich sind. In Franken sowieso, da sind Sie ja daheim.

Drum müssen Sie auch immer zum Fasching

in Veitshöchheim. Sie sind Franke, das entschuldigt viel, aber nicht alles. Wir Altbayern suchen immer den versöhnenden Ausgleich, nur dass Sie als Einstein verkleidet waren und uns dauernd die Zunge herausgestreckt haben, das war schon an der Grenze. Ich hab erst nachher verstanden, was Sie damit ausdrücken wollten. Das war ein Angebot für eine DNA-Probe. Und Sie waren vermutlich enttäuscht, dass keiner eine Probe genommen hat. So leicht kommen wir nie wieder zu einem genetischen Fingerabdruck von Ihnen. So richtig angestellt haben Sie auch noch nichts, oder? Man weiß es nicht. Auffällig sind Sie schon geworden. Drum sollte man schon einen genetischen Fingerabdruck nehmen, was wir haben, haben wir.

Sie könnten als warnendes Beispiel vorangehen. Vielleicht sollten Sie zukünftig Ihre Briefe nicht mehr unterschreiben, sondern abschlecken – es wäre moderner.

Weil eine Unterschrift ist oft schwer zu entziffern, aber ein DNA-Abdruck ist da klar und sicher und passt mehr in die Zeit.

Herr Beckstein, Sie haben ein Kunststück vollbracht – ein Wunder. Sie haben Stellen bei der Polizei eingespart, ganze Direktionen aufgelöst und gleichzeitig die Sicherheit erhöht im Freistaat. Immer weniger Beamte dürfen mehr arbeiten, damit die innere Sicherheit aufrechterhalten werden kann. Sie rechnen vor allem auch damit, dass Ihre Rechnung aufgeht, gell. Das kennt man von der Schulzeit her. Man weiß eigentlich, dass es nicht geht, aber man hat einen Rest Hoffnung, dass es der Lehrer nicht merkt. Wissen Sie, wie mir Ihr Stellenstreichszenario vorkommt? Als täte man über Nacht das Wachpersonal in den Gefängnissen abziehen, mit der Begründung, bei der Nacht passiert eh nichts, weil da die Straftäter müde sind. Und eine hundertprozentige Sicherheit gibt's nirgends.

Und dafür war der Maget wieder ein gutes Beispiel in Veitshöchheim. Der Herr Maget demonstriert gern ein wenig Unsicherheit. Man kann sich auf ihn verlassen, er ist immer für einen Gag gut. Er war ja als roter Korsar verkleidet. Und Sie sollen gesagt haben, Sie wollen mit Ihrer Verkleidung Ihre Bereitschaft unterstreichen, das Regierungsschiff zu entern. Leider haben Sie nicht gesagt, wann und wie. Die einen fahren mit einem komfortablen Dampfer übers große Wasser, und ihr von der SPD fahrt's mit dem Tretboot hinterher zum Entern. Warum nicht, der David hat den Goliath auch mit einer Steinschleuder geschlagen.

Man muss nur dran glauben können. Für Sie, Herr Maget, freut es mich ganz besonders, dass Sie Ihren Glauben nicht verloren haben. Sie haben gesagt, dass Sie glauben, die SPD habe verloren gegangenes Vertrauen zurückgewonnen, und wenn am nächsten Sonntag Wahlen wären, dann käme die SPD auf 25 Prozent.

Dass Sie eine Voraussage treffen für einen Fall, der nicht eintreten kann, stellt einmal mehr Ihre Qualifikation als Politiker unter Beweis.

Und es sind Ihnen tolle Metaphern eingefallen. Sie waren ja förmlich im Metaphernrausch. Die SPD sei im Aufwind. Herr Maget, was war denn das für ein Lüfterl, das Sie da wahrgenommen haben? Über welchem Kellerschacht sind Sie denn da stehen geblieben? Sie hätten beim Veitshöchheimer Fasching als Marilyn Monroe gehen sollen!

Wenn die SPD jedes Jahr fünf Prozent zulegt, dann ... das war ein Spaß, das freut uns, dass Sie in Ihrer Lage den Humor nicht verloren haben.

Herr Maget, ernsthafte Sorgen mache ich mir erst, wenn Sie demnächst ankündigen, dass die Machtübernahme durch Sie in Bayern kurz bevorsteht.

Aber da gibt's noch ein kleines Hindernis, die CSU. Aber: »Die CSU ist keine Partei, die für die Ewigkeit geschaffen worden ist!« Ich weiß jetzt gar nicht, welcher Prophet aus den Reihen der sozialdemokratischen Seher diese Prophezeiung getan hat. Im Zweifel war es der Stiegler. Ihr müsst aufpassen, dass die Wähler in Bayern nicht so viel davon mitkriegen, dass der Stiegler euer Vorsitzender ist, weil dann sinken eure Zahlen wieder in den Umfragen!

Es ist aber zum Verzweifeln, gell? Diese CSU kann

machen, was sie mag, gell? Immer wieder liegt sie in den Umfragen vorne. 56 Prozent haben sie bekommen nach all den Sparmaßnahmen! Logisch, dass die happy waren. Was heißt happy? Der Huber, der war ja kurz vor dem Jodeln. Eine Ausstrahlung hat er gehabt wie bei seiner eigenen Seligsprechung. Herr Huber, Ihnen wird man mal einen Brunnen am Viktualienmarkt bauen wollen, um an Ihr segensreiches Wirken zu erinnern. Aber es wird nichts werden, weil kein Geld mehr da ist dafür. Ich hätte so eine schöne Idee für einen Brunnen: ein kleiner Erwin-Huber-Brunnen ohne Auffangbecken fürs Wasser. Es ist eigentlich ein Trockenbrunnen. Mit einer großen Regenpfütze davor. Und die stammt von dem Regen, in dem Sie die Leute stehen lassen.

Und auch Sie, Herr Stoiber, waren glücklich über diese Wählerumfrage. 56 Prozent! Diese seltsame Bestätigung Ihrer Arbeit durch das Volk, nach all diesen Einsparungen! Geben Sie es zu, a bissl irritiert waren Sie, gell, Sie haben Schlimmeres befürchtet? Nicht? Na ja, der bayerische Wähler, der hält schon was aus. Dem kann man schon was zumuten. Obwohl der Wähler auch eine Zumutung für die Regierung sein kann, wie wir es jetzt in Schleswig-Holstein gesehen haben. (Herr Stoiber, an der Stelle sollten Sie mir nicht zustimmen – vor allem, wenn Sie im Bild sind, das könnte der Wähler nicht so toll finden.)

Ich erinnere mich noch an Ihre Wähler – Sie werden sich vielleicht gar nicht so sehr an die erinnern wollen, aber ich schon – ich habe es nicht vergessen, als Sie die Lehrmittelfreiheit in Bayern abschaffen wollten. Das war ja ein Aufstand, ha? Was sage ich, eine offene Revolte war das. Der Sturm auf die Staatskanzlei stand unmittelbar bevor. Und da haben Sie hervorragend reagiert: Sie haben die Lehrmittelfreiheit ganz spontan und entschlossen nicht abgeschafft. Und da habe ich gewusst, wie demokratisch dieses Land geführt wird. Das war eine Form von direkter Demokratie in Bayern. Ihre Wähler in Bayern, die sind ganz anders drauf. Die sagen sich: Wir wählen die CSU so lange, bis sie das tut, was wir wollen.

Beim Aschermittwoch in Passau, da haben Sie was anderes gesagt als das, was die Leute hören wollten. Was war denn da los? Man muss an einem solchen Tag ein gewisses geistiges Niveau vermeiden können, das wissen Sie doch. Am Tag vorher haben Sie es ja auch gekonnt, als Sie das Erstarken der NPD dem Schröder in die Schuhe geschoben haben, weil er persönlich für die fünf Millionen Arbeitslosen zuständig ist.

Das war zu früh, deshalb hat man es Ihnen übel genommen. Und in Passau haben Sie das Gleiche gesagt, aber eben ganz diplomatisch! Und da war es zu spät! Und die Quittung dafür haben Sie bekommen.

Die Leute haben Ihnen auf einmal nicht mehr zugehört.

Haben Sie denn da keinen, der das mit Ihnen vorher abspricht und das Timing festlegt?

Wo war denn da der Söder?

Unter uns gesagt, Herr Stoiber, ich glaube gar nicht, dass dieser Satz von Ihnen war. Den hat Ihnen doch der Söder untergeschoben. Und zu dem hätte der Satz auch besser gepasst. Wenn der Söder diesen NPD-Satz gesagt hätte, da hätten wir auch unsere Gaudi gehabt und Sie hätten sich ganz diplomatisch im Hintergrund halten können und schaun, wie der Satz ankommt. Dann wär der Söder dumm dagestanden, aber so ... dumm gelaufen.

Nehmen Sie sich ein Beispiel an der SPD. Bei denen läuft viel dumm. Nur, die geben nicht auf. Die haben erkannt, was ihnen fehlt: eine Bildungsoffensive. Wir brauchen eine Bildungsoffensive und dazu eine Bildungsmilliarde und Eliteschulen und Elitegymnasien und Eliteuniversitäten. Blöd schaut's nur mit den Elitelehrern aus, die fehlen. Wo sollen die aber auch herkommen, wenn die gesamte Elite in der Politik gebunden ist.

Uns fehlen Lehrer. Leider wissen wir nicht ganz genau, wie viele.

Die Frau Hohlmeier hat's ja schon ausgerechnet. Aber ob sie ein richtiges Ergebnis raushat? Rechnen ist kompliziert! Und die PISA-Studie hat es ja auch gezeigt, dass wir im Rechnen nicht die Stärksten sind. Warum sollen da ausgerechnet Sie eine Ausnahme sein? Grad diese Rechnungen mit Bekannten und Unbekannten, und Platzhalter, wenn dann noch dazukommen, und wenn man dann noch etwas von links nach rechts rüberbringen muss oder umgekehrt, und dann hat man ein Vorzeichen übersehen ... Frau Hohlmeier, und schon hat man einen Untersuchungsausschuss am Hals.

Aber was die Frau Bause da unterstellt hat, dass Sie lieber als Beschuldigte in diesen Untersuchungsausschuss kommen, weil Sie dann lügen können, geh, das wär doch einfach ... ich glaube, sie meint es auch gar nicht so.

Die Frau Bause hätte Sie gern als Zeugin geladen. Aber das wäre schwierig geworden, weil als Zeuge muss man etwas beobachtet haben, damit man darüber berichten kann, und vor allem muss man sich daran erinnern können. Drum ist es schon klüger, dass Sie als Beschuldigte kommen dürfen.

Die Frau Bause muss allerdings jetzt a bisserl aufpassen, was sie fordert, denn die Grünen, die machen ja jetzt grade selber ihre ersten Erfahrungen mit einem Untersuchungsausschuss.

»Drum wer meint, er stehe, mag zusehen, dass er nicht falle!« (Paulus an die Korinther, Vers 10,12)

Unser Außenminister soll ja irgendwie, ohne dass er es bisher so genau weiß, in diese Visa-Affäre verwickelt sein. Da müssen sie sich jetzt gut überlegen, oder er da besser als Zeuge oder als Beschuldigter erscheinen soll. Er weiß es nicht. Jetzt wartet er ab, was der Untersuchungsausschuss ans Tageslicht bringt, und dann weiß er nachher ganz genau, was er vorher nicht wissen hat können.

»Erst nach der Tat begreift der Tor, was er getan.« Ich weiß jetzt nicht, wer das gesagt hat, aber da unser Außenminister kein Tor ist, kann er gar nicht begreifen, was er getan hat.

Frau Bause, ihr Grünen mausert's euch ja grade zu einer echten Partei mit diesem angeblichen Volmer-Erlass. Menschenhandel und Zwangsprostitution, da habt ihr euch einiges vorgenommen. Statt klein mit einer Parteispendenaffäre anzufangen, gleich ins internationale Bandengeschäft einsteigen. Sie wollten sich nicht lumpen lassen. Fürs Erste nicht schlecht.

Nur, jetzt seids ihr an der Regierung, da habt ihr doch noch ganz andere Möglichkeiten. Im Waffenhandel, da läge noch was rum. Der Pfahl sitzt in Augsburg, da wären einige Aufgaben vakant.

Zumal der Raum Augsburg insgesamt eine Aufwertung erfährt. Da sind drei neue Flughäfen im Gespräch. Lagerlechfeld, Penzberg und am Memminger Berg auch noch einer. Jeder Abgeordnete mag da einen kleinen Flughafen haben.

Ohne Flughafen ist eine Stadt heutzutage wirtschaftlich nicht mehr tragbar. Deshalb braucht jetzt auch Hof dringend einen internationalen Flughafen.

Die Achse Augsburg–Hof (eine Schieflage mitten durch Bayern) spielt eine zentrale Rolle in den Überlegungen der bayerischen Sparpolitik. Jeder, der einmal in Hof war, der merkt sich schon bei der Ankunft, wie er da wieder wegkommt. Diese Überlegung hat sich tief in die Köpfe der Hofer Stadtväter eingebrannt, und die überlegen jetzt auf Teufel komm raus, wie sie ihren Flughafen zu einem europäischen Luftfahrtdrehkreuz ausbauen können.

Hat auch keiner was dagegen, aber sie wollen dafür ein Geld vom Wiesheu haben. Was machst jetzt da als Wirtschaftsminister? Besonders, wenns'd grad erst erfahren hast, dass Bayern von den alten Bundesländern das schwächste Wirtschaftswachstum 2004 gehabt hat, wie eine Untersuchung des Londoner Instituts NTC besagt.

Da haben Sie, Herr Wiesheu, super gekontert. Sie haben gesagt, das wäre »eine klassische Tartarenmeldung«.

Diese Presseagentur kennen wir gar nicht. Aber die Tartaren sind doch dieses wilde Reitervolk. Eine Tartarenmeldung wird dann vermutlich per Pferd überbracht.

»Sie werden sehen, nächste Woche sieht die Welt schon wieder ganz anders aus«, haben Sie uns beruhigt. Weil da kommen wieder die klassischen Eisenbahnermeldungen aus dem Hause Wiesheu und Co. und da ist dann wieder von der Wirtschaftslokomotive Bayern die Rede, auch wenn es nur ein kleines Schnauferl ist, gell!

Die Grünen haben gesagt: Die sollen den Mund nicht so voll nehmen. Liebe Grüne, das ist halt auch immer eine Frage der Größe. Ein kleines Mündchen ist selbstverständlich schneller voll als eine große Klappe.

Zu Hof haben Sie, Herr Wiesheu, ja gesagt, dass Sie da Risiken sehen. Aber da sind Sie nicht allein, die ADL, die Vereinigung der Deutschen Luftfahrtunternehmen, mag gar nicht von Hof aus starten. Aber der Schnappauf, der braucht noch ein bissl, bis er es auch so sieht. Die Sicht ist bei ihm insgesamt schlechter. Das liegt nicht an ihm, sondern an dem Hofer Kasperltheater, und unser Schnappi ist das Krokodil da drin. 300 Beamte hat er für Hof erbeutet. Die müssen da hin als Teil des neuen Landesamtes für Umweltschutz. Die Abteilungen Lawinenschutz, Seeüberwachung und das Wildbachmanagement residieren demnächst in Hof. Die Wildbäche um Hof gehören zu den schönsten in ganz Bayern!

Der Umzug kostet zwar erst einmal 450 000 Euro mehr, aber laut Staatskanzlei stünden dem »überragende monetäre Faktoren zugunsten der Region

Hof« gegenüber. »Es ergäbe sich eine Kaufkraft von 8,56 Millionen Euro.«

Sag einmal, Huber, habts ihr das selber ausgerechnet, oder hat euch dabei ein Mathematikgenie geholfen? Der Eichel vielleicht? Nein, ich weiß, wer euch beraten hat: der Pater Anselm Bilgri, der die Andechser Betriebe an den Rand des wirtschaftlichen Erfolgs gebracht hat.

Es gibt Wunder! Immer wieder. Der Herr hat auch bloß fünf Fische und drei Brote gebraucht, um Tausende zu speisen.

Herr Faltlhauser, auf der Basis des Neuen Testaments haben Sie doch Ihren ausgeglichenen Haushalt erstellt. Stimmt's? Der Glaube und der Haushalt bilden eine Einheit. Im Finanzministerium ist der Glaube traditionell stark verankert. Er ist ja geradezu die Voraussetzung für einen ausgeglichenen Haushalt. Und Sie haben in Bayern dieses Wunder schon vollbracht, Herr Faltlhauser. Liebe Salvatorgemeinde, da sitzt ein Heiliger mitten unter uns!

Ich glaube ja, dass der Faltlhauser auch übers Wasser gehen kann. Ich weiß es aus sicherer Quelle, dass er schon heimlich bei der Nacht über den Nymphenburger Kanal gleitet. Solange er zugefroren ist, können Sie das problemlos machen. Aber im Sommer könnten Sie dann ins Schwimmen kommen mit Ihrem Wunderhaushalt.

Obwohl, Sie sind ja wirklich ein Profi, wie Sie

mit den Zahlen jonglieren – der Copperfield könnt es nicht besser. Sie sind einer der wenigen, die bei sich selber einen Kredit aufnehmen können. Wie müssen wir uns das vorstellen? Sie machen wahrscheinlich einen Termin aus mit sich im Mysterium, äh, Ministerium, und dann wird eiskalt verhandelt. Aber, warum nicht? Wenn was dabei rauskommt, gell, dann rentiert es sich ja. Schön, dass Sie sich überzeugen konnten, die E.ON-Anteile zu verkaufen. Da nehmen Sie ein paar Hundert Millionen Euro ein. Und auf das Geld nehmen Sie noch mal so viel Geld auf und versprechen sich, das Geld bis 2012 zurückzuzahlen. Da haben Sie zu sich gesagt: Herr Faltlhauser, kann ich mich da drauf verlassen? Da waren Sie fast ein wenig beleidigt mit sich, dass das überhaupt jemand bezweifeln mag. Aber Sie haben dann doch die besseren Argumente gehabt und sich durchgesetzt.

»Heute leiht er, morgen will er's wiederhaben, das sind widerwärtige Leute!«, schreibt der Prophet Jesus Sirach, Vers 20,16.

Herr Faltlhauser, Ihnen wird man mal eine Gnadenkapelle bauen. Die Kapelle vom »Heiligen Kurt zum Ausgleich«, und darin befindet sich eine große schwarze Null!

Prost, Gemeinde!

Aber nicht alle Sterblichen können sich mit so einem klaren, reinen, durchsichtigen Handeln hervortun. Es gibt auch kleine Sünder unter uns. Gott sei Dank befinden sich unter ihnen auch immer mehr Politiker, die bereit sind, öffentlich ihre Fehler einzugestehen.

Der Clement zum Beispiel. Wie der die Verantwortung für diese fünf Millionen Arbeitslosen übernommen hat, und diesmal ganz ohne Dunkelziffer, das war vorbildlich. So ehrlich war vor ihm noch kein Politiker. Außer dem Eichel vielleicht, gell? Ich glaube, der kann nicht lügen, der Eichel. Der ist eine Offenbarung! Sonst hätte er doch nicht vorgeschlagen, dass dieses Drei-Prozent-Kriterium neu interpretiert werden müsste.

Da haben sie in Brüssel eine Kommission gebildet und da überlegen sie jetzt, wie man die Zahl Drei neu interpretieren kann. Ich bin kein Prophet, aber ich glaube, dass es nicht mehr lang dauern wird, bis einer kommt und behauptet: Wenn man einen Dreier lang genug anschaut, dann wird es ein Achter! So was kann Ihnen nicht passieren, gell, Herr Clement? Das ist das Beruhigende an Ihnen, dass Ihre Zahlen immer stimmen. Zumindest so lange, bis der Haushalt verabschiedet ist.

Sie, Herr Schily, sollen ja noch nicht verabschiedet werden. Sie sollen bei der nächsten Bundestagswahl die Landesliste der bayerischen SPD anführen. Das ist nur logisch, weil Ihre innenpolitischen Reformen herausragend sind. Der Bundesgrenzschutz wird zur Bundespolizei umbenannt. Superidee! Neue Uniformen, Autos werden umgespritzt, Briefköpfe neu geschrieben, da entsteht Arbeit und es ist zugleich eine hervorragende Maßnahme zur Verbrechensbekämpfung. Der Schleuser rechnet ja nicht damit, dass er auf die Bupo trifft, der rechnet ja nach wie vor mit dem Bundesgrenzschutz. Umbenennen? Eine super Sicherheitsidee. Ist wahrscheinlich auch kostengünstiger als der Bundesgrenzschutz, gell, Herr Schily?

Herr Schily, ich hätte noch einen Vorschlag, das Problem mit der NPD ...

Umbenennen in Bundes... äh, Verfassungsschutz. Keine gute Idee? Ich habe gedacht, weil eh schon so viel drin sind, sodass die Richter am Bundesverfassungsgericht gesagt haben, sie könnten die NPD nicht verbieten.

Bund und Länder erarbeiten eine neue Sicherheitsarchitektur durch Umbenennen. Vielleicht könnten wir den Hofer Flughafen zum internationalen BUPO-Airport Hof umbenennen.

VISA-Einreisen sind dann nur noch über Hof möglich. Hof wird zum Modell für vorbildliche Sicherheitspolitik.

Was ich da fordere, ist zwar ein Krampf, gell, das weiß ich schon, aber der Flughafen in Hof ist auch ein Krampf, und auch in dem Fall finden sich Politiker, die das für sinnvoll halten.

»Schlechte Beispiele schaden mehr als die wirklichen Sünden.« (Cicero)

Wobei das mit den Sünden wirklich nicht so schlimm ist, da geht man dann anschließend einfach zum Beichten.

Das kann ich bezeugen. Ich weiß, was ich mir alles anhören muss, wenn die Leute zu mir zum Beichten kommen. Ich kann es Ihnen nicht sagen, weil ich an das Beichtgeheimnis gebunden bin. Ich kann Ihnen nur so viel sagen, dass von der CSU schon fast alle bei mir zum Beichten waren. Bei manchen hat die Zeit nicht gereicht, da haben wir einen Zusatztermin vereinbaren müssen, so viel Sünden haben die zu beichten gehabt ... und so viel Reue auch – ich weiß alles, ich darf nur nicht darüber reden ... Und ich habe allen die Absolution erteilt. Die sind alle wieder komplett sauber. Das kann ich garantieren.

»Die Gottlosen gehen zwar auf einem gepflasterten Weg; aber an seinem Ende ist der Abgrund der Hölle.« (Buch Sirach 21,11)

Leider gibt es immer noch viele, die den Weg zu mir noch nicht gefunden haben. Ich möchte nicht sagen, dass das alles Gottlose sind, bestimmt nicht, aber oft sind es Sozialdemokraten und Grüne.

Die haben keine Sünden! Die waren alle im Ethikunterricht.

Frau Hohlmeier, Sie waren nicht in Ethik, Sie waren in Religion, gell. Sie glauben noch an Wunder. Wunder gehören da zum Alltag!

Aber dass Sie noch im Amt sind, ist kein Wunder, das ist harte Realität. Frau Hohlmeier, Sie müssen ausharren. Der Herr Ministerpräsident braucht Sie noch. Selbstverständlich! Für den Fall, dass die Einführung des G8 ein Flop wird, dann braucht er jemanden, der dafür die Verantwortung übernehmen kann, und das könnten Sie dann machen.

Bis dahin werden Sie dann schon ausgerechnet haben, wie viele Lehrer uns genau fehlen. Der Faltlhauser sagt ja, so viel fehlen gar nicht, weil man nur warten muss, bis die Schüler weniger werden. Da hat er selbstverständlich recht. Es könnte nämlich sein, dass uns irgendwann die Schüler ausgehen. Wegen der allgemeinen Zeugungsschwäche im Lande. Die Geburten gehen zurück.

Da gibt es auch schon recht nette Versuche, um uns zum Zeugen zu bewegen. Mich nicht, weil ich bin ja dem Gelübde der Keuschheit verpflichtet, aber ich könnte es ja machen wie der Pater Anselm, der lässt sich grad entbinden, die Entbindung von seinen Gelübden läuft, hat er mitgeteilt, und dann stünde er zur Verfügung, »wenn's schnackelt«, hat er gesagt ...

Und damit es öfter schnackelt, glaubt die Renate Schmidt, unsere Familienministerin, dass sie mit ihrem Tagesbetreuungsausbaugesetz die Eltern zum

Kinderkriegen überzeugen kann. Und wer das Gesetz liest, der kriegt sofort Lust zum Zeugen. Weil, es kommen die Kinderbetreuungsstätten für 0–3-Jährige. Frau Schmidt, es wird nicht mehr lang dauern, dann kann man auch das befruchtete Ei vorbeibringen, stimmt's?

Ich weiß schon, um was es geht, Frau Schmidt. Das Kind hemmt die Karriere der Frauen. Drum wollen die nicht. Die wollen jemand haben, der ihnen auf den Schratzn aufpasst. Da hätte ich einen Vorschlag: Wir haben so viele Rentner, die nur Geld kosten, die könnten doch mit jungen, karrierebewussten Frauen Kinder zeugen. Und wenn wir dann wieder eine gewisse Geburtenstärke erreicht haben, dann brauchen wir auch wieder mehr Lehrer. Da habe ich noch eine Idee. Wie wäre es denn, wenn nur noch Lehrer eingestellt werden, die selber mindestens zwei Kinder haben?

Und bis es so weit ist, nehmen wir die Lehrer aus dem Wald. Ja, Förster und Jäger können sich als Lehrer melden, hat der Huber in die Wege geleitet.

Der Miller stellt die Förster gerne frei, gell, Herr Miller. Das ist auch kein Problem, weil Förster haben wir ja zum Saufuttern. Es gibt boshafte Leute, die sagen, wir hätten mehr Forstwissenschaftler als Wildsäue in Bayern. Das muss kein Nachteil sein. Weil die Wildsau ist intelligent. Das Schwarzwild hält sich lange still und wartet, bis der Miller vom Hochsitz runtersteigt, und dann sollte er schauen, dass er schnell rauskommt aus dem Wald. Aber er ist ja grad noch rausgekommen. Die Verwaltung des Waldes wird umgewandelt in eine öffentlich-rechtliche Anstalt. Ich wäre dafür, den Wald mit dem Bayerischen Fernsehen zu fusionieren. Da sparen wir eine Aufsichtsbehörde ein. Weil die Rundfunkräte sind eingearbeitet, die stehen eh schon immer im Wald.

Was man von Ihnen, Herr Stoiber, nicht behaupten kann. Was den Gesundheitskompromiss angeht, sind Sie wieder mal als Einziger auf der Lichtung gestanden. Aber jetzt ist die Kuh vom Eis, habe ich gelesen. Nur, wer ist die Kuh? Die Merkel kann damit nicht gemeint sein. Das wäre extrem unhöflich und wahrscheinlich auch frauenfeindlich. Und trotzdem ist die Kuh vom Eis. Die beiden haben es geschafft, zwei Modelle zusammenzubringen, die nicht zusammenpassen. Das ist eigentlich die große Leistung bei diesem Kompromiss. Die zwei haben etwas fertiggebracht, wo jeder sagt: Das gibt es doch nicht. Pauschal, einkommensunabhängig und sozial ausgeglichen, lohnabhängig – mit Finanzierungslücke.

Daran merkt man, dass Sie beide Vollblutpolitiker sind und auch jegliche Vernunft ausschalten können, wenn es sein muss.

Also ein großes Kompliment an Sie, Herr Stoiber, Sie bemühen sich wirklich redlich, ein weiser Mann zu werden.

Und als weiser Mann haben Sie hier auch Ihre Pflichten gegenüber Ihrem politischen Personal vorbildlich erfüllt:

»Einen umsichtigen Sklaven habe lieb und hindere ihn nicht, wenn er frei werden kann«, sagt mein Lieblingsprophet Jesus Sirach im Vers 7,23.

Diesen Rat haben Sie beim Seehofer befolgt. Der ist mit dem Kompromiss einfach nicht klargekommen. Der hat sich seine eigenen Gedanken gemacht. So einer tut sich in der Politik schwer, und da haben Sie ihn ganz spontan freigelassen. Als Theologe täte er sich vielleicht nicht so schwer. Obwohl Theologen heutzutage auch schon mal lügen können müssen. Wenn du heute in der Theologie nicht lügen kannst, kommst du auch nicht in den Himmel, nicht einmal in die Hölle! Es geht ja auch gar nicht darum, dass einer die Wahrheit sagt. Es langt, wenn man glaubwürdig ist. Mehr verlangt ja eh keiner.

Nach allem, was wir über die Arbeit unseres gewählten Personals wissen, nach all den Topleistungen, die ihr alle miteinander seit Jahren vollbringt und deren Auswirkungen wir alle miteinander ausbaden dürfen, erstaunt es mich immer wieder aufs Neue, welche hohen Ansprüche wir nach wie vor an euch haben.

Nach allem, was wir über eure Fähigkeiten wissen, ist es doch direkt eine Unverschämtheit im höchsten Maße, was wir von euch verlangen. Es wird Zeit, dass wir die Ansprüche an euch auf ein erträgliches Maß herunterschrauben.

Bei allem gebührenden Respekt frage ich mich bei der Fülle an Fehlleistungen unseres politischen Personals, ob es langt, sich nur einmal im Jahr an diesem heiligen Ort zu versammeln, um sich von einem Mönch die Leviten lesen zu lassen?

Auf Anhieb fallen mir einige ein, die so eine Predigt einmal die Woche verdient hätten. Da es aber eh nichts nützt, ist es auch wieder wurscht.

Wir müssen endlich einsehen, dass ihr gar nichts dafürkönnt, weil ihr euch erst auf der Vorstufe zur Weisheit befindet.

»Liebes Kind, wenn dir daran liegt, so wirst du weise, und setzt du dein Herz daran, so wirst du klug.« So steht es in der Heiligen Schrift (Buch Sirach 6,33).

In diesem Sinne grüße ich euch als euer Bruder Barnabas.

Prost, Gemeinde.

Rede auf dem Nockherberg 2006

Liebe Salvatorgemeinde!

»Was wollt ihr?«, fragt der Kollege Paulus im 1. Brief an die Korinther. »Soll ich mit dem Stock zu euch kommen oder mit Liebe und sanftmütigem Geist?« Nun bin ich nicht der Apostel Paulus und ihr seid nicht die Korinther, obwohl viele von euch beachtliche Korinther-Qualitäten haben, und darum will ich es wie jedes Jahr mit Liebe und sanftmütigem Geist versuchen.

Aber trotz allem muss ich euch gleich zu Anfang geistig fordern und in Kauf nehmen, dass der eine oder andere mit Unverständnis reagiert. Bei vielen wird sich dadurch nicht viel ändern, weil bei ihnen das Unverständnis ein Dauerzustand ist. Bei den Grünen herrscht das Unverständnis generell vor, bei der SPD auch, bei den Linken sowieso. Das ist ganz normal. Wenn es um das segensreiche Wirken der bayerischen Staatsregierung geht, gehört Verständnislosigkeit zur Grundausstattung jedes Oppositionspolitikers. Vor allem die Finanzpolitik versteht kaum einer, eigentlich nur der Faltlhauser. Aber auch der hält sich an die fiskalische Maxime: Rede über finanzpolitische Zusammenhänge immer so, dass dich keiner verstehen kann und trotzdem jeder glauben muss, was du verkündest.

So soll es sein. Damit wir uns gleich richtig verstehn: »Cuius regio eius religio.«

Hast mi? Das ist ganz altes Bayerisch und heißt so viel wie: »Die Regierung bestimmt, was geglaubt wird.«

Gell, Herr Stoiber, so war das schon immer in Bayern, nicht erst seit dem Augsburger Religionsfrieden 1555. Aber irgendwie haut das bei Ihnen in letzter Zeit nicht mehr so hin. Oder, sagen wir mal so, es hat schon immer ein paar Leute gegeben, die nicht an Sie geglaubt haben, aber jetzt hat der Glaube, dass Sie der richtige Mann im richtigen Amt sind, ziemlich nachgelassen. Ich versteh das ehrlich gesagt nicht. Wenn man nämlich Ihr Verhalten nach der grandios verlorenen Bundestagswahl letztes Jahr genau betrachtet, dann haben Sie Ihre Stärken voll ausgespielt. Ohne Ihr wohlüberlegtes Handeln und Reden wäre es doch gar nicht zur Bildung der großen Koalition gekommen.

Wer hat denn die Wähler im Osten analysiert und den richtigen Ton gefunden, um sie zu mobilisieren? Herr Ministerpräsident, Sie haben die Lage doch treffend beschrieben – es stimmt ja, dass die Leute im Osten frustriert sind. Aber die Wahrheit hat immer schon Stimmen gekostet. Das haben Sie doch gewusst, Herr Stoiber. Aber der Vorsprung in den Umfragen war ja auch riesig. Dass es dann in Bayern fast zehn Prozent weniger waren wie bei der letzten Wahl, bei der Sie Kanzlerkandidat waren, ja mei! Der bayerische Wähler weiß halt, was er will, der hat doch ein feines Gespür für das Richtige. Als der bayerische Wähler gemerkt hat, dass Sie gar nicht Kanzlerkandidat sind, da hat er gestutzt. Viele haben sich trotzdem widerwillig hinreißen lassen, die Merkel zu wählen, aber zehn Prozent haben aufgepasst. Sie haben es ja selber gesagt, wenn der Wähler überall so intelligent wäre wie in Bayern, dann hätten wir keine Probleme.

Was ja bei dieser Wahlniederlage überhaupt nicht gewürdigt wurde, Herr Ministerpräsident, ist die Tatsache, dass Sie immerhin bereit waren, sich für ein unbedeutendes Ressort für Wirtschaft, Technologie, Forschung und Europäische Angelegenheiten im Superformat zur Verfügung zu stellen. Aber, wenn wir mal ehrlich sind, der Zuschnitt des Ressorts war doch immer noch zu klein, um Ihre Talente voll zum Tragen zu bringen. Allein diese Bereitschaft, sich in einer Superdimension zu überfordern, ist bisher nicht entsprechend gewürdigt worden.

Ich möchte Sie trösten, Herr Ministerpräsident. Sie haben sich absolut richtig verhalten und Ihre

Handlungsweise entspricht genau dem, was der heilige Apostel Paulus in seinem 1. Brief an die Korinther schreibt: »Jeder bleibe in der Berufung, in der er berufen wurde.«

Manche werden öfter berufen und doch wird es nie ein Beruf. Und wer nicht berufen wird, der kann immer noch in die Politik gehen. Aber aufpassen muss man schon. Wer nicht weiß, wozu er berufen ist, und deshalb immer die Ohren offen hält, ob er nicht berufen wird, der hört vielleicht einen Ruf nach dem anderen und rennt hin und her, zwischen München und Berlin, und am Ende leidet nicht nur der Ruf, sondern auch die Person und die Partei selber. Schwoam mas obi!

Prost, Gemeinde!

Die CSU spielt aber nach wie vor eine herausragende Rolle in Berlin, und in Bayern sowieso. Einer, der die Situation sofort durchblickt hat, ist der Peter Ramsauer, der kann ganz genau erklären, welche Rolle die CSU jetzt in der Politik spielt: Der CSU komme »die Aufgabe einer programmatischen Synthese zu«. Sie müsse »die Kohäsionskraft entfalten zwischen CDU und SPD«. Hoppala! Der Ramsauer Peter. Da wollt ihr, dass die Kinder auf dem Schulhof Deutsch sprechen und dann lassts ihr den öffentlich in einer Fremdsprache daherreden.

Könnts ihr den nicht einmal integrieren? Der

Ramsauer möchte »die soziale Balance unter Wahrung der ökonomischen Vernunft wahren«. Und er sagt, weil die CSU so klein sei, könne sie schneller reagieren. Ja, was heißt das jetzt? Herr Ramsauer, Sie können bestimmt logisch denken, das heißt, je größer die Partei wird, desto langsamer reagiert sie. In Bayern ist die CSU die größte Partei – das wäre eine Erklärung für die Regierungsgeschwindigkeit der Staatsregierung. Ha?

Der Söder hat natürlich auch gleich eine schöne Erklärung für die neue Rolle der CSU gehabt. Er hat gemeint, die CSU sei ein »Scharnier der sozialen Balance«. Ich glaub's ja nicht, dass er damit sagen wollte, dass sich die CSU nicht aktiv bewegen kann, weil genau das kann ein Scharnier nicht. Oder aber, er hat was anderes damit gemeint, aber dann hätte er ein anderes Bild finden müssen. Weil Scharniere muss man auch ab und zu schmieren. Also gell, Söder, wenn wir das nächste Mal eine Metapher gebrauchen, dann denken wir vorher darüber nach.

Aber wahrscheinlich stimmt Ihre Theorie schon, Herr Ramsauer. Sie wird als das Ramsauersche Theorem in die Politikwissenschaften eingehen.

Die SPD in Bayern wäre jetzt nicht so groß, und doch brauchen sie manchmal ziemlich lang, bis sie reagieren. Das mag mit der großen Koalition in Berlin zusammenhängen. Wenn man selber mitregiert, dann reagiert man auch auf sich ganz anders. Es ist blöd, wenn man in München dagegen sein muss und in Berlin dafür.

In Bayern sind wir gegen den Transrapid, in Berlin dafür.

Wie schaut's eigentlich in der Föderalismuskommission aus? Wisst ihr jetzt da schon, für was ihr da seid? Oder gegen was ihr seid? Es kann ja von heut auf morgen wieder ganz anders sein.

Wie lang tut ihr jetzt damit schon rum? Für die Bildung sollen nur noch die Länder zuständig sein. Mei o mei! Soll das so sein? Da redet ihr immer von Chancengleichheit und dann lassts ihr denen in Bremen und im Saarland ihre eigene Bildung. Können wir das vor Gott und den Menschen verantworten? Irgendwann merken sie es doch. Die kommen nach Bayern und kriegen mit, dass sie nicht mithalten können mit unserer Intelligenz. Ich kann mir vorstellen, was das für ein Riesenproblem in der Reformkommission bei den Verhandlungen ist, wenn da der Goppel am Tisch sitzt. Da muss sich doch der Kollege aus Mecklenburg-Vorpommern von vorneherein, ich möchte nicht sagen blöd vorkommen, aber benachteiligt. Ich habe doch mit ihm auch schon gesprochen. Er ist einfach unheimlich gescheit, der Thomas Goppel. Auf Dauer schadet Ihnen diese Klugheit, Herr Goppel.

Sie wissen, was Kunst ist. Das ist erfreulich. Zumindest was die Kunst am Haus der Kunst betrifft.

Auch wenn es eine Werbung ist. Wenn am Haus der Kunst der Allianzschriftzug von der Fußballarena angebracht wird, da werden viele sagen: Ja da schau her, wird da jetzt auch Fußball gespielt? Oder hat der FC Bayern jetzt auch eine Kunstabteilung? Warum nicht, kann gut sein, dass der Beckenbauer noch das Malen anfängt. Und da ist es doch logisch, dass auf den Kunstwerken dann Allianz draufstehen muss. Entscheidend sind die baurechtlichen Vorschriften. Wenn ich einen Vorschlag zur Lösung machen dürfte: Ich würde die Entscheidung auf der Grundlage der bayerischen Toilettenrichtlinie treffen. Ab zweihundert Bildern pro Ausstellung wird ein Dixi-Klo zusätzlich vorgeschrieben. Vor dem Haus der Kunst, wo selbstverständlich groß Allianz draufstehen muss.

Herr Ude, was meinen Sie, da lässt sich doch etwas finden. Sie haben ja mit dem Verhindern von Werbung auf Bauwerken schon mal einen großen Erfolg gehabt. – Aber irgendwann ist der Stern halt doch über Neuhausen aufgegangen. Ja, das ist der Ude – der ist in der komfortablen Lage, sich seine Niederlagen aussuchen zu können. Herr Ude, wenn der Zusammenhang zwischen Werbung und Kunst unklar ist, dann hilft vielleicht ein Untersuchungsausschuss.

Das ist das Spezialgebiet der Grünen. Wo sind denn die Grünen? Die versuchen sich gerade als Oppositionspartei zu finden. Einmal sind sie für einen Untersuchungsausschuss, dann sind sie wieder dagegen. Jetzt sind sie gerade wieder dafür. Ich versteh es ja, die Grünen möchten gern vorher wissen, was hinterher keiner wissen soll. Es soll halt nichts rauskommen. Sie wollen halt auf keinen Fall, dass rauskommt, dass die Grünen eine Friedenspartei sind, mit der man auch Krieg führen kann. Und seitdem sich der Fischer zurückgezogen hat, erklärt es ihnen auch keiner mehr. Dabei weiß doch inzwischen jedes Kind, dass ein Untersuchungsausschuss eingerichtet wird, damit nichts rauskommt.

Da könnt ihr euch ein Beispiel an der CSU nehmen, wenn die einen Untersuchungsausschuss einrichten, sagt der Friedrich, dass er überflüssig ist, weil eh keiner von nix was weiß. Glauben heißt eben: nichts wissen. Und am meisten kann ich glauben, wenn ich gar nichts weiß.

Der Schnappauf kann das bestätigen. Der hat einfach nicht glauben können, was da in Passau passiert ist, obwohl er's wissen hätte können. Deshalb hat er sich, gläubig wie er ist, auf die Bibel verlassen: »Alles, was auf dem Fleischmarkt verkauft wird, das esst und forscht nicht nach, damit ihr das Gewissen nicht beschwert.« So spricht der Apostel Paulus im 1. Brief an die Korinther im Vers 10,25.

Wahrscheinlich ist der Unterschied zwischen den Korinthern und den Niederbayern gar nicht so groß.

Aber was will uns der Paulus damit sagen? Wir sollen nicht so genau hinschauen.

Und deshalb haben die Behörden auch nur knappe sieben Jahre gebraucht, bis sie dem Ekelfleischunternehmer draufgekommen sind, dass er Ekelfleisch verkauft hat.

In diesem Wildfleischskandal hat er sich wirklich einen Namen gemacht, der Schnappauf. Was mir an unserem bayerischen Gesundheits- und Verbraucherschutzminister sehr gut gefällt, ist, dass er Bescheid weiß. Ja, weil ab dem Zeitpunkt, wo er gewusst hat, dass er nichts weiß, war er unschlagbar. Vor allem sein Spiel über die Bande, das beherrscht er perfekt. Die Banden am Landratsamt Passau und im Veterinäramt sagen, sie haben alles richtig gemacht. Die haben sich brav angemeldet, wenn sie zum Kontrollieren ausgerückt sind. Und jetzt hat unser Schnappauf angeordnet, dass in Zukunft unangemeldet kontrolliert werden soll. Das ist aber schon eine harte Maßnahme. Ich weiß es nicht, ob das sinnvoll ist. Was meinen Sie, was da noch alles rauskommt?

Im Verbraucherschutz und in der Gesundheit haben wir ja eindeutig die kompetentesten Leute in Bayern. Der Seehofer zum Beispiel ist da unser Ass in der Regierung.

Sie sind ein Allrounder! Sie kann man überall einsetzen. Eine Zeit lang sind Sie ja auf der Reservebank gesessen, oder waren Sie überhaupt noch auf dem Platz? Aber ich glaub, Sie sind dann bei den Koalitionsverhandlungen immer zum Kompetenzteam, zum großkoalitionären Dreigestirn, gelaufen und ham gesagt: »Ich bin fit, ich mag spielen. Egal wo!« Auf einmal waren Sie Landwirtschaftsminister. Ich glaub, Sie hätten sich auch alles andere zugetraut: Hoch-Tiefbau, Osten, Kanzler hätten Sie auch gemacht. Sie sind einer, dem man alles zutrauen kann. Ohne Sie geht es einfach nicht. Dafür werden Sie schon sorgen, wenn es um die neue Gesundheitsreform gehen wird. Die gehört zwar nicht zur Landwirtschaft, aber Sie werden sie schon durchpflügen und beharken, dass jeder meint, die Gesundheitspolitik wäre eine landwirtschaftliche Anbaufläche.

Also, wenn der so weitermacht, Herr Stoiber, da müssen S' aufpassen, auf den Seehofer, dass der net abhebt.

Wie sagt der Kollege Paulus? »Ich wollte zwar lieber, alle Menschen wären, wie ich bin, aber jeder hat seine eigene Gabe vor Gott, der eine so, der andere so.« Auf gut Bayerisch: »Wenn nur alle so waarn wia i ...!«

Prost, Gemeinde!

Einer, der inzwischen weiß, wie man bescheiden auftritt, das ist unser Söder. Der hat an sich gearbeitet. Vielleicht hat er einen Kurs gemacht und sich beraten lassen. Obwohl ich es mir schwer vorstelle, den Söder zu beraten.

Ihr Problem ist halt, dass Sie manchmal a bissl negativ rüberkommen. Des mag daran liegen, dass Sie a bissl so ausschaun wie der Mephisto.

Da können Sie nichts dafür. Und so schlecht ist das auch wieder nicht, in Deutschland kann ein Mephisto schon Karriere machen, wenn er sich als Faust verkleidet. Wichtig wäre, dass man Sie nicht gleich erkennt. Da müssen wir noch dran arbeiten. Vor allem müssen wir an Ihrer Sprache noch was tun. Wenn Sie diabolisch daherreden, dann gehen die Leute auf Distanz. Wenn Sie sagen: »Die Menschen leben nicht danach, wie es sich die Politik vielleicht wünscht. Deshalb muss sich unser Familienbild an der Wirklichkeit orientieren.« Ich weiß nicht, ob Sie wissen, was Sie da fordern? Die CSU hat den Menschen immer vorgegeben, wie sie zu leben haben in Bayern. Und jetzt soll es umgekehrt sein. Die Politik der CSU passt sich an die Wirklichkeit an. Schwule, Lesben, Patchwork-Families, ich weiß nicht, aber das hört sich nach SPD und Grüne an.

Ein Vorreiter im Bereich Wirklichkeit ist der Oberbürgermeister von Erlangen, der Herr Balleis. Der sagt, dass er die Muslime als gleichwertige Mitglieder der Stadtgesellschaft begreift und regelmäßig an muslimischen Festen teilnimmt. Daran nehmen wir uns ein Beispiel: Der politische Aschermittwoch findet nächstes Jahr wieder in Passau statt, aber diesmal als muslimisches Fest zusammen mit alleinerziehenden Lesben und Patchworkfamilien, schwul erziehenden Aussiedlern und integrationsunwilligen Oberfranken. Und wenn der Ministerpräsident einzieht, erklingt selbstverständlich der bayerische Defiliermarsch.

Und am Ende der Veranstaltung müssen alle wie aus einer Kehle schreien: »Mia san mia.« Und wer da nicht mitmacht, fällt auf, und dann braucht er auch gar keinen Fragebogen mehr ausfüllen.

Der Herr Beckstein möchte ja jetzt auch die integrationsunwilligen Migranten gern fragen, ob sie da herpassen! Ich finde diese Fragebögen gar net schlecht. Selbst wenn die falsche Angaben machen, dann wissen wir ja nachher, wenn's rauskommt, dass die Angaben falsch waren. Des is doch gut! Nur der Sepp Dürr, der regt sich da brutal drüber auf. Kann ich aber verstehen, der wird schlechte Erfahrungen gemacht haben mit Fragebögen – in den 70er-Jahren. Zur Zeit der Wohngemeinschaften. Wenn man da in eine Wohngemeinschaft einziehen wollte, da bist du ausgefragt worden, dagegen ist dem Beckstein sein Fragebogen eine freundliche Kontaktanzeige.

Es müssen selbstverständlich die richtigen Fragen gestellt werden. Zum Beispiel fände ich die Frage gut: Sind Sie für einen Verfassungsbruch, wenn der Bundesfinanzminister Steinbrück dafür ist?

Unterstützen Sie die Schuldenpolitik der Bundesregierung, wenn das gesamtwirtschaftliche Gleichgewicht gestört ist?

Gell, Herr Steinbrück, das sind relevante Fragen.

Kaufen Sie Bundesschatzbriefe?

Das ist eine hinterfotzige Frage, weil jeder, der Bundesschatzbriefe kauft, dem Steinbrück Geld leiht. Ich muss Ihnen ehrlich sagen, wenn einer so viel Schulden hat wie er, tät ich ihm nichts mehr leihen.

Obwohl der Steinbrück an sich schon ein großartiger Finanzminister ist, weil er Zusammenhänge herstellen kann. Ja, Kohäsion ist auch sein Spezialgebiet, der Zusammenhang zwischen Exporten und Importen, der bei der Gesamtverschuldung eines Landes berücksichtigt werden sollte. Und da sind Sie der Meinung, dass der Leistungsbilanzüberschuss eines Landes anderen Ländern bei der Kreditsuche helfe. Das klingt super, gell. Es versteht kaum einer und alle haben das Gefühl, der kennt sich aus. Aber was ist, wenn es ein Schmarrn ist? Macht auch nichts, weil geglaubt wird, was der Minister sagt. Auch im Fall des Schmarrn gilt: »Cuius regio eius religio.«

Die Grünen sind ja gegen Fragebogen generell, aber selber stellen sie dauernd unangenehme Fragen. Die haben versucht, unsern Herrn Schneider, unsern Kultusminister, mit dem hinterfotzigen Mittel einer Landtagsanfrage in Verlegenheit zu bringen. Die wollten wissen, wie viel Leute bei der Veranstaltung *Visions of Football* waren. Und der Schneider hat die Gelegenheit beim Schopfe gepackt und eine Vermutung der Grünen, nämlich, dass sie von der Staatsregierung vorsätzlich belogen wurden, bestätigt. Aber das ist wirklich erfreulich, dass der Kultusminister ehrlich ist. 1,6 Millionen haben sie da in den gepflegten Fußballrasen gesetzt. Das ist natürlich schon viel Geld für die Wahrheit. Herr Schneider, wenn jede Wahrheit in Bayern so viel kostet, dann glaube ich, verzichten wir lieber darauf. Da bräuchten wir ja einen Nachtragshaushalt. So viel E.ON-Aktien kann der Faltlhauser gar nicht verkaufen, dass wir da auf einen grünen Zweig kommen. Das wäre eine Gaudi, wenn wir Schulden machen müssten, um die Wahrheiten bezahlen zu können, die die Staatsregierung verkündet.

Frau Merk, Sie müssen auch sparen. Aber Sie sind ja gegen den Vorschlag vom Beckstein, im Ausland, ich glaub in Rumänien, Gefängnisse für bayerische Häftlinge zu bauen. Das wäre Gefangenen-Outsourcing und das täte nicht gehen. Obwohl sich das Modell international bewährt. Es muss ja nicht gleich Guantanamo sein. Sie sagen, es täte sich erst ab 250 Häftlinge rentieren. Frau Merk, die bringen wir doch locker her. Den Faltlhauser zum Beispiel, den hätten Sie gleich auf Ihrer Seite. Der lässt jetzt von einem privaten Investor einen Knast bauen. Im Public-Privat-Partnership – das ist so was Ähnliches wie dem Huber sein Cluster. Private Gefängnisse, dieses Modell hat Zukunft. Da bietet sich ein geschlossener Immobilienfonds an. Jeder Bürger wird verpflichtet, Anteile zu kaufen, weil es nicht auszuschließen ist, dass er straffällig wird. Und damit die Auslastung stimmt, könnten wir auf ein paar Beamte aus dem bayerischen Landwirtschaftsministerium zurückgreifen.

Gell, Herr Miller, bei Ihnen gibt's ein paar Beamte, die gewisse Voraussetzungen mitbringen. Für die scheint es nicht ganz einfach zu sein, gesetzliche Vorschriften und Regeln durchzusetzen.

Das ist eigentlich erfreulich, wenn Beamte eine menschliche Seite haben. Da soll es bei Ihnen welche geben, die den Landwirten zu falschen Angaben geraten haben, um auf diese Weise an Agrarsubventionen zu kommen. Das nenne ich praktische Bürgernähe. Bescheißen unter behördlicher Anleitung. Das hat Stil.

Da kriegt die Wertedebatte einen neuen Drive. Der Oberste Rechnungshof meint, die Agrarverwaltung sei auf allen Ebenen bestrebt gewesen, »erforderliche Rückzahlungen zu vermeiden«. Konsequent sind sie auch noch. Diese Beamten gehören befördert. An Stellen, wo sie noch mehr Gutes tun können. Die sollten ihre Milde im Finanzministerium entfalten können. Was meinen Sie, was das für eine Sympathiewelle gibt für die Beamtenschaft!

»Wir sind geworden wie der Abschaum der Menschheit, jedermanns Kehricht bis heute.« Sagt der heilige Paulus im 1. Korintherbrief. Das täte er in seinem ersten Brief an die Bayern nicht sagen. Er würde vielleicht schreiben: »Brüder, ihr seid geworden, wie ihr immer wart: hinterfotzig und bauernschlau. Vorbilder für alle Rechtschaffenen. Richtige Bazis also.«

Prost, Gemeinde!

In Bayern haben wir damit keine Schwierigkeiten, da genießt der Bazi ein hohes Ansehen. Sein Tun und Handeln wird mit Humor aufgenommen. Humor haben wir hier in Bayern ja Gott sei Dank. Das heißt aber nicht, dass wir immer nur lachen, nein, wir können auch traurig sein. Dafür haben wir die SPD in Bayern.

Wo sitzt denn die SPD? Links! Ihr müssts ja immer ganz links sitzen. In Bayern sowieso. Auf die CSU müssts aufpassen, das machts ihr aber sowieso seit Jahren, gell, aber wollt ihr euch nicht auch mal an der Wirklichkeit orientieren? Der Stiegler geht mit gutem Beispiel voran, er erkennt die Zeichen der Zeit und weiß, was zu tun ist, um den politischen Gegner zu demütigen. Der Stiegler hält Reden bei der CSU in Ansbach. Haben die gemerkt, dass Sie von der SPD waren? Was war denn das? Soll das heißen, dass ihr euch der CSU ergebt?

Nein. Ihr probiert nur alles, um irgendwann, in

nicht allzu ferner Zukunft, in Bayern an die Macht zu kommen. Wenn es sein muss, täten viele von euch sogar CSU wählen, um nur ja an die Macht zu kommen. Ich glaub sogar, dass ihr bereit wärts, euer Parteiprogramm aufzugeben, wenn es Erfolg versprechend wäre und zu einer Mehrheit in Bayern führen tät.

Und als neulich die CSU bei einer Umfrage unter 50 Prozent in der Wählergunst gesunken war, da hat der Maget schon wieder gejubelt: »Das ist unsere Stunde.« Es war halt leider auch bloß eine Stunde. Und schon war der Traum von der Macht in Bayern wieder ausgeträumt. 22 Prozent etwa täten momentan der SPD ihre Stimme geben. Stiegler und Stoiber haben ungefähr die gleichen Sympathiewerte. Das ist für den Stiegler ein Kompliment.

Aber Ministerpräsident in Bayern täte ja im Falle einer Mehrheit für die SPD nicht der Stiegler werden, sondern der Maget. Da ist er aber in der Zwickmühle, unser Maget, weil er muss ja auch noch Nachfolger vom Ude werden.

In der *Passauer Neuen Presse* habe ich ein Interview mit Ihnen lesen dürfen beziehungsweise müssen. Sie haben gesagt: »Natürlich wäre ich, sollte Ude nicht mehr antreten, gern OB-Kandidat.« Kandidat? Na ja, das ist dann halb so wild. Wenn Sie sich geschickt anstellen, dann müssen Sie vielleicht gar nicht OB werden. »Wenngleich man schon sehen müsste«, fahren Sie dann fort, »wie es dann in der SPD-Landtagsfraktion weitergeht.« Ja, da haben Sie recht, das müsste man sehen. Das wäre noch mal eine Steigerung. Und viele können es jetzt schon nicht mehr mit ansehen. Herr Maget, Sie machen das schon richtig, sprachlich, meine ich, wäre, sollte, müsste, hätte, täte, könnte ...

Da könnte einiges auf den Maget zukommen, aber es könnte auch sein, dass der Maget gar nicht können dürfen sollte. Das wär vielleicht nicht schlecht, wenn Sie das noch mal mit Ihrer Partei abstimmen täten. Aber der Maget ist hart im Nehmen. Das kann der alles. In der SPD wirst du schnell was, wenn sicher ist, dass du es nie werden wirst. So ist das in der bayerischen SPD. Wenn die mal einen haben, bei dem sicher ist, dass er nichts mehr wird, dann lassen sie den alles werden.

Der Platzeck hat ja seine ganz eigene Art, Stimmen für die SPD zu sammeln, er hat es jetzt zur Abwechslung mal mit einer Wählerbeschimpfung probiert: Er hat gemeint, der Wähler in Bayern könnte nicht so intelligent sein, weil er sonst mehr SPD wählen tät. Der Pronold Florian wiederum meint, es gäbe viele Sozialdemokraten, die CSU wählen täten. Was jetzt? Der Pronold, der ist euer Hoffnungsträger, gell, der führt sich auf wie der Max beim Watten, macht auf unschlagbar, und derweil hat er nicht einmal die Kraft von einem Soach.

So unüberlegte Meinungsäußerungen gibt es ja seit Neuestem auch bei der CSU. Was ist denn da los? Man könnte direkt meinen, in der CSU breite sich so etwas wie Demokratie aus. Herr Ministerpräsident, es gab ja zum Teil boshafte Parteimitglieder, die natürlich nicht namentlich genannt werden wollen, so viel Anstand haben Sie dann doch noch, die sprechen von einer großen schwarzen Null, und meinen nicht den ausgeglichenen Haushalt.

Herr Faltlhauser, da würd ich was dagegen unternehmen. Diese Nullstelle ist schließlich Ihr Verdienst. Bei Ihnen ist die Materie so kompliziert, dass Sie selber glauben müssen, was Sie da sagen.

Und das ist wirklich nicht einfach, wenn man kein Geld hat und auch nicht weiß, wo man es hernehmen soll. Wenn die Forderungen und Versprechen der Ministerkollegen bei Ihnen einlaufen: Der Herrmann möchte den Kommunen beim Umbau der Gymnasien entgegenkommen wegen dem G 8. 117 Millionen! Der Beckstein braucht 40 Millionen zusätzlich wegen der WM-Sicherheit. Der Schneider braucht neue Lehrer, macht 10,5 Millionen, die Sportförderung braucht auch 4,6 Millionen, und die Kinderbetreuung, die habts noch gar nicht ausgerechnet. Aber das, was Sie wirklich auszeichnet, ist, dass Sie immer eine Idee haben, wie Sie zu Geld kommen. Sie starten einen Bayern-Jumbo-Triple-A-Stable-Outlook. Wie ich davon gehört habe, habe ich gedacht, jetzt hebt er endgültig ab, der Faltlhauser. Einen Bayern-Jumbo lässt er steigen. Die Starterlaubnis haben Sie wahrscheinlich schon bekommen, und das Schöne bei diesen Jumbos ist, dass sie unten relativ groß sind, aber je höher sie steigen, desto kleiner werden sie, und irgendwann siehst du sie nicht mehr, weil sie im Höhennebel des Finanzministeriums verschwunden sind.

Herr Faltlhauser, Ihre Gute-Nacht-Geschichten gehören zu den schönsten, die man in Bayern hören kann, und es soll auch Leute geben, die danach wirklich einschlafen. Das liegt nicht so sehr an den Geschichten, sondern vor allem auch an Ihrem beruhigenden Wortgesäusel, Ihre Worte fließen dahin wie die idyllisch vor sich hin murmelnde Isar bei Niedrigwasser. Es liegen zwar viele Steine im Weg, aber irgendwie läuft alles weiter.

Am wichtigsten ist, dass die Behörden in Bayern zu ihrem Geld kommen. 43 Prozenz der Ausgaben gehen für die Gehälter und Pensionen der Staatsdiener drauf. Aber da können wir uns nicht beschweren, weil unsere Staatsbeamten hervorragende Arbeit leisten.

Der Sinner zum Beispiel. Der ist ein ganz moderner Minister. Die Kommunikation, haben Sie gesagt, läuft bei Ihnen by face-mail oder by e-mail. Die face-mail, das ist ja praktisch die nonverbale Kommunikation, nur schauen, wie beim Watten – Blinzeln,

Deuten, Zwinkern. Ja, da schau her. Da lassen Sie aber einige Möglichkeiten der Kommunikation aus. Es gibt ja noch die ear-by-ear-mail, die tele-mail, und in Bayern ganz wichtig, die behind-the-face-mail, die Hinterfotzige, die crabwise-mail, auf Umwegen lauft die, die Intriganten-Mail. Herr Sinner, da sollten Sie Ihre Kommunikationsbandbreite etwas erweitern. Kommunikation ist ja eigentlich das Spezialgebiet vom Huber Erwin.

Was machen Sie eigentlich im Wirtschaftsministerium, Herr Huber? Außer über Clusterbildungen nachdenken. Hört sich gut an und man weiß erst einmal nicht, um was es geht. Das ist immer gut, außerdem ist es English und das klingt aus Ihrem Munde immer hinreißend. Sie sollen sehr gut English sprechen, und obendrein können und wollen Sie Ihre bayerische Muttersprache nicht verleugnen in der Aussprache. Sie sprechen praktisch zwei Sprachen gleichzeitig. Und das ist ideal. Zumal wir ja alle angehalten werden, mehr Bayerisch zu sprechen. Der Dialekt hat enorme Vorteile, du wirst ned glei verstanden, kannst no amoi überlegen, ob du es ned anders sagst, der andere ist irritiert, versucht seine Aufmerksamkeit noch zu steigern, was gar nicht immer von Vorteil ist.

Der Schneider hat uns aufgefordert, mehr Bayerisch zu sprechen. Auch im bayerischen Kabinett lässt die bayerische Sprachkompetenz nach. Der

Huber ist da wirklich herausragend, was das Bayerische betrifft. Clusterbildung? Das heißt, dass Wissenschaft und Wirtschaft enger miteinander zusammenarbeiten sollen. Ein Cluster sollen sie bilden. Es ist wie im Bayerischen – man muss es nicht verstehen, es reicht, wenn man es hört. Ein Cluster, habe ich mir sagen lassen, ist eine Bündelung von Kräften, ein Netzwerk, dafür haben wir doch ein schönes bayerisches Wort: Spezlwirtschaft.

Herr Huber, wir müssen uns auf die alten Werte besinnen. Wirtschaft! A gescheite Wirtschaft ist was wert. Wirtschaftspolitik ist wahrscheinlich auch was anderes, als Sie sich vorgestellt haben. Auf jeden Fall ist es ein Unterschied zu Ihrer vorigen Tätigkeit. In der Staatskanzlei haben Sie gesagt, das machen wir so, und jetzt sagt Ihnen die Wirtschaft: Das machen wir so!

Prost, Gemeinde!

Der Huber glaubt zu Höherem berufen zu sein. Der war ja zusammen mit dem Beckstein schon beim Probesitzen auf Ihrem Ministerpräsidentensessel, gell, Herr Stoiber.

Da wäre es bald zum Raufen gekommen, gell, und wenn Sie sich nicht erbarmt hätten und selber noch einmal den Sessel besetzt hätten, dann hätten wir jetzt einen anderen Ministerpräsidenten.

Herr Beckstein, Sie halten es grundsätzlich für möglich, dass der Seehofer ein guter Parteivorsitzender ist. Herr Beckstein, ich halte es grundsätzlich für möglich, dass der bayerische Innenminister aus Franken grundsätzlich weiß, was er sagt. Und ich halte es grundsätzlich für möglich, dass der Seehofer und der Beckstein sich grundsätzlich darüber einig sind, wer Parteivorsitzender wird und wer Ministerpräsident in Bayern ist oder wird. Ich halte es grundsätzlich für möglich, dass sich die beiden nicht vorstellen können, dass der Huber über diese Fragen nicht auch grundsätzlich anders denkt.

Das ist das Schöne, dass ihr euch alle miteinander im Grundsätzlichen einig seids. Und warum? Weil ihr alle nach der gleichen Moral handelt. Der Apostel Paulus sagt es im ersten Brief an die Korinther: »Ihr seid alle teuer erkauft, werdet nicht der Menschen Knechte.« (Vers 7,23). »Drum, wer meint, er stehe, mag zusehen, dass er nicht falle!«

Sie fallen auf keinen Fall, Herr Ministerpräsident. Ich hab zwar gelesen, dass Sie es schwer haben seit der Wahlniederlage, aber die Partei würde Sie trotzdem durch das politische Jahr tragen. Freilich, die Partei hat was Tragendes. Aber es gibt welche, die beim Tragen schon mal weniger hinlangen. Es gibt immer welche, die nur so tun, als täten sie ganz schwer tragen. Aber inzwischen werden Sie ja schon wieder von einer Welle der Sympathie getragen. Aber das wissen Sie selber, wie das ist mit den Wellen, da gibt es Höhen und Tiefen, und jede

Welle kommt irgendwann am Strand an und dann muss man aufstehen und gehen. Aber am Strand kann es auch sehr schön sein, wenn man auf das Meer hinausschaut und Wellen beobachten kann, auf denen andere versuchen, einen Halt zu finden. Da können Sie vielleicht den Michael Glos bewundern, wie er souverän auf den Wirtschaftsthemen surft und dabei versucht, nicht unterzugehen. Selbst wenn die Wellen über Ihrem Kopf zusammenschlagen, schwimmen Sie furchtlos durch Ihr Fachgebiet.

Herr Glos, ich habe gar nicht gewusst, dass Sie bereits ein eigenes Verb haben. *Glosen.* Doch, das Tätigkeitswort gibt es tatsächlich. Ich habe nachgeschaut im Duden. Das heißt glühen, glimmen. Das beschreibt den Zustand, wenn ein Feuer heruntergebrannt ist. Das kann nur heißen, bevor es ganz ausgeht, glost es noch.

Bei wem's immer noch heiß hergeht, das ist der Schröder, der hat eine Karriere hingelegt, das ist phänomenal. Der ist vom Bundeskanzler zum Türöffner aufgestiegen. Der macht jetzt Türen auf in der Schweiz, er arbeitet jetzt als Dietrich. Es gibt Leute, die passen überall rein. Wie ein Dietrich halt, den kann man auch in jedes Schloss reinstecken und mit ein bisschen Gefühl geht das Schloss auf, nach links natürlich, Schlösser gehen immer nach links auf, deswegen hat der Ringier den Schröder genommen, weil er ein Linker ist, aber ein ganz ein Linker. Rechtsrum wird festgezogen und zugesperrt.

Unser Wiesheu ist auch in die Wirtschaft gewechselt. Wo is der eigentlich? Der wird in Augsburg den ICE verpasst haben. Der ist zur Bahn gegangen. Der wollte halt auch mal was bewegen, und wenn's a Eisenbahn ist.

Also, Herr Stoiber, Sie können getrost in die Zukunft schauen, es gibt immer Möglichkeiten, es ergibt sich schon etwas nach Ihrer Zeit als Ministerpräsident von Bayern.

Sie könnten Präsident der Transrapidgesellschaft in Wolfratshausen werden oder als Experte im Gartenbau von sich reden machen und Vorträge halten über das Thema: Wie richte ich eine Blume hin!

Oder vielleicht werden Sie Präsident von Bayern München – das ist ein schönes Amt, wenn der Beckenbauer mal FIFA-Präsident wird, wenn der Blatter überführt ist ... Also, als Präsident von Bayern München, da können Sie alles sagen, es schadet nicht, das weiß man vom Beckenbauer. Der ist unser Fußballgott. Auch hier gilt: cuius regio eius religio. Dem Beckenbauer, dem glauben alle gern, weil's halt meistens auch sehr komisch ist, was er sagt. Lachen und Glauben bilden in Bayern eine Einheit.

In diesem Zusammenhang möchte ich noch kurz auf die Schlacht bei Tours et Poitiers verweisen: 732 nach Christus, Karl Martell wehrt die Araber ab.

Dieser Karli war ein Hund. Wenn ihm nämlich das nicht gelungen wäre, dann täten wir heute nicht bei Weißwürscht und Bier beieinanderhocken, um uns am Derblecken zu erfreuen. Vermutlich täten wir stattdessen bei schwarzem Tee und Kamelmilch in ganz anderen Trachten dem Redner lauschen, der bestimmt nicht Barnabas heißen würde und schon gar kein Christ wäre, sondern ein Moslem. Und zum Lachen hätten wir dann auch nicht viel. Wir hätten einen anderen Gottesstaat, als wir ihn heute haben. Ich zum Beispiel glaube, dass unser Herrgott Humor hat und lachen kann, wenn er dem Bischof von Regensburg zuschaut bei seinem pastoralen Treiben. Weniger komisch ist die Angelegenheit für die Gläubigen im Bistum Regensburg. Zum Trost möchte ich Euch die Worte des hl. Paulus aus dem ersten Brief an die Korinther zurufen: »Es haben sich einige aufgebläht, als würde ich nicht zu Euch kommen!«

Aber da wir alle Humor haben, haben wir auch Verständnis für die Blähung eines hohen geistlichen Herrn.

Damit mich jetzt keiner falsch versteht, sage ich es noch einmal deutlich, wir können froh sein, dass wir in einem überwiegend katholischen Land daheim sind. In unserem Gottesstaat herrscht eine Religion, die das Lachen und das Derblecken nicht verbietet. Und deshalb ist es ja auch ganz logisch, dass auch die Spitzen der großen Kirchen auf dem Nockherberg vertreten sind, ebenso wie die Karikaturisten. Und das zeigt, dass wir in Bayern alle miteinander wissen, was eine Karikatur ist, nämlich eine gezeichnete Pointe, die zum Lachen anregen soll und auf keinen Fall ernst genommen werden möchte. Selbst das Ernste kommt nämlich in Bayern oft komisch daher, und am Nockherberg sowieso.

»Denn ein fröhliches Herz ist des Menschen Leben, und seine Freude verlängert sein Leben.« (Sirach 30,23)

In diesem Sinne grüßt euch euer Bruder Barnabas.

Prost, Gemeinde!